L'ALLEMAND DE MA MÈRE

CATHERINE CLÉMENT

L'ALLEMAND DE MA MÈRE

ÉDITIONS DU SEUIL
57, rue Gaston-Tessier, Paris XIXe

ISBN 978-2-02-149651-2

www.seuil.com

Pour Cécile, ma fille

Raymonde rencontra Yves sur les bancs de la faculté de pharmacie de Paris en 1937, deuxième année. Excepté leur âge et leurs études, ils n'avaient rien en commun. Yves était sérieux, Raymonde aimait rire. Yves adorait aimer, Raymonde ne savait pas exactement. Il était catholique, elle était juive, et ils n'étaient pieux ni l'un ni l'autre. Toujours ça de pris.

Yves avait été très bien élevé dans une famille chrétienne. Yvonne, mère de deux fils dont Yves était l'aîné, arborait en toutes circonstances une beauté imposante à l'œil pieux, qu'on appelait parfois bleu panique, tant elle savait se faire obéir. Fils d'épicier, pupille de la Nation, chimiste de génie, le père d'Yves, Louis, gardait malgré sa réussite une modestie légèrement taciturne. Homme doux et narquois, Louis avait conservé précieusement la collection complète de la revue satirique *L'Assiette au Beurre* dans un esprit libertaire et anticlérical. Deux sujets occupaient presque entièrement sa vie : l'invention chimique de nouvelles sortes de peintures, et les dessins du jardin qu'il achevait chaque semaine avec des crayons de couleur qui, pensait-il, pourraient un jour se transformer en aquarelle.

Yves avait été baptisé dans les règles, mais ce n'était plus son sujet. Il n'allait plus à la messe le dimanche, ayant évacué toute croyance en Dieu. L'œil bleu tendre, d'une élégance British, Yves sentait l'eau de Cologne et le cuir musqué. Se trouvait-il beau ? Il préférait se croire dandy, ce pourquoi il était sentimental à en mourir. Il aimait la passion crue.

Raymonde parlait parfaitement l'allemand, le russe et le yiddish. Appelée dans l'intimité Rivka ou Rivotchka, elle avait été dressée par sa grand-mère ukrainienne, une *babouchka* sévère, armée d'une baguette, qui tapait sur les doigts à table au moindre geste fautif. La famille de sa mère venait de Romny, à l'est de l'Ukraine, une ville connue pour ses énormes foires quand elle se portait bien, et aussi pour les pogroms organisés par les Cosaques au dix-septième siècle, ou au dix-huitième siècle ? On ne savait plus très bien. La Babouchka traînait dans ses mémoires des paysages en flammes, des chevaux s'échappant au galop et des femmes tétanisées. La famille de Romny s'était ralliée au judaïsme hassidique, sévère sur la cacheroute, mais laissant libre cours aux rabbins pour tourbillonner jusqu'à l'extase. Interdite aux femmes, l'extase. À la cuisine, et deux vaisselles.

Hormis l'aïeule frappeuse, Raymonde avait été élevée à la diable par de charmants parents un peu foutraques qui, pour leur malheur, étaient des joueurs russes pathologiques. Raymonde avait toujours passé ses vacances dans des villes d'eaux à casinos. Les cartes, les dés, la roulette, le poker, la matière du jeu ne comptait pas, mais l'effroi d'un cœur épris de rien, qui cogne, juste avant l'arrêt de la boule, de la carte qu'on abat... Pourquoi tout risquer ? Et se refaire ensuite, comme une outre qu'on vide ou que l'on remplit d'eau ? Raymonde avait horreur de ça. Dans son esprit, la roulette tourbillonnait comme ses aïeux ukrainiens en bottes, redingote, papillotes et chapeau vissé sur la kippa. Arriération et compagnie, se disait Raymonde. Vivement qu'on sorte de là !

Montagnes russes, les bien nommées. Raymonde en avait tiré la conviction que ses parents avaient tellement risqué d'argent au jeu qu'ils ne risquaient plus rien. Georges et Sipa étaient indestructibles. Fin de l'effroi, soupir d'aise.

À ce couple effréné s'ajoutaient les sœurs de Sipa, Bella et Tania. Les trois jeunes filles avaient été très belles, épanouies et nostalgiques, comme dans le théâtre de Tchekhov. De cette beauté restait chez Bella et Sipa une certaine langueur, alors que la troisième, Tania, montée sur ressorts, concentrait en elle toute la volonté de la famille. Et ses angoisses.

Comme Yves, Raymonde était toujours très élégante, surtout en hiver quand elle portait son court manteau de bébé phoque, comme l'exigeait la mode des années trente. Georges était devenu un cador dans la fourrure, et avait embringué sa fille adorée dans des défilés chics avec chiens de race et voitures. Lorsque Raymonde entrait quelque part, entraient avec elle un parfum d'Orient, un éventail de plumes d'autruche vert Nil, un triomphe éphémère de la vie. En petite princesse juive, Raymonde avait été gâtée. Yves, pas du tout. Ils n'avaient rien à faire ensemble.

Raymonde, ainsi nommée à cause de Poincaré, dissimulait sous un sourire irrésistible des frayeurs qu'elle avait eu du mal à contenir. À l'entendre, l'effroi l'avait frappée pendant la grande grève générale du printemps 1936. En longeant une grande manif de travailleurs conduits par une CGT très en forme, alors qu'elle était assise aux côtés de son père dans une voiture, Raymonde avait vu, plaquée contre une vitre, une bouche ouverte simulant un baiser. Elle s'était mise à hurler. Georges l'avait serrée contre lui en lui disant de ne pas avoir peur et, pour plaisanter, il avait ajouté que ce n'était pas un pogrom. Raymonde entendit pogrom, enregistra la foule comme un danger, et l'effroi ne la quitta plus. Froussarde, pensait-elle. Pauvre froussarde. À cause des mouches.

Yves tomba amoureux fou du visage arrondi de Raymonde, de la profondeur de son regard, de la mélancolie cachée sous le sourire, et de lèvres si bien dessinées qu'on les aurait dites « prêtes pour un baiser », lui disait-il en l'embrassant dans le cou. Yves était attiré par l'effroi. Il adorait chez Raymonde une petite portion de peau sous les oreilles, palpitant imperceptiblement lorsqu'elle avait peur. Comment savait-il que, sous la fourrure, se cachait une fille apeurée ? Il la courtisa longtemps, lui écrivit de courts poèmes au crayon noir sur de petits papiers qu'il lui glissait en douce. Il lui apprit très vite les plaisirs de l'esprit carabin et Raymonde fit mine de se forcer pour lâcher des gros mots qu'elle connaissait déjà.

Il embrassait bien. Il était passionné, attentif. Délicieux. Raymonde opta pour la raison.

La raison ? Oh oui, la raison parlait haut et fort. Sipa, sa mère, avait failli mourir brûlée dans leur maison. Jeune révolutionnaire, Georges s'était échappé de prison à Tiflis. Et le Führer, ce salopard, avait édicté ses lois antijuives dès qu'il était devenu chancelier d'Allemagne. Les premiers réfugiés juifs étaient arrivés de là-bas et Raymonde avait peur.

Épouser Yves, c'était aussi sortir de l'addiction aux cartes. Car l'unique passion d'Yves était d'être amoureux. Aucun risque de jeu. Être aimée suffirait. Et pour la protéger, elle voulait un goy, un vrai, catholique si possible, un rempart contre Adolf Hitler. Là-dessus, elle ne se trompait pas. Yves n'était peut-être pas le grand amour, mais il était le goy catholique de ses rêves.

Les deux familles refusèrent l'idée de leur union dans le même mouvement. La famille chrétienne ne voulait pas d'une juive, la famille juive ne voulait pas d'une mésalliance avec un non-juif. De si jeunes gens… On pouvait bien attendre, non ? Tout pour échapper à la honte de voir Yves sous le dais dans une synagogue, et de l'autre côté, tout pour ne pas tenir la traîne de Raymonde en robe blanche devant un curé.

Attendre ? Jamais de la vie, répondit Yves, le regard fixé sur l'œil bleu de sa mère. Leur entretien fut raide. Yves fut inébranlable. Alors Raymonde aussi. Donc, la mère catholique au regard bleu myosotis lâcha du lest et finit par accepter un compromis d'alliance. Les enfants d'Yves et de Raymonde seraient baptisés à l'église. Et la circoncision ? Non. Pas question. Secrètement, Raymonde se sentit soulagée.

Les jeunes gens s'en foutaient. Ils n'étaient pas croyants, Yves était même anarchiste et athée dans les limites du raisonnable. Raymonde, elle, ne disait mot. Croyait-elle en un Dieu tout-puissant ? Oh non. Voulait-elle devenir catholique et se convertir ? Pas du tout, ses parents auraient bien trop de peine. Alors quoi ?

Rien. Raymonde espérait s'abriter avant l'explosion de la menace qu'elle voyait arriver sur la France. Voilà pourquoi, un jour d'hiver en 1937, Yves épousa Raymonde à la mairie, elle en longue robe de mousseline à traîne et lui, en jaquette et haut-de-forme. Yves portait une perle comme épingle de cravate, et l'exquise robe de mariée s'ornait de gros ronds de satin brillant descendant de la naissance du cou au début de la traîne. Yves aima la robe de mariée. La naissance du cou sur le corps de Raymonde, là se réfugiait la volupté secrète de la chair qui allait lui appartenir.

Les affaires religieuses étant affaires de mères, les deux pères reprisèrent les trous dans le tissu de l'Histoire et s'entendirent très bien. Cependant, Louis avait une hésitation. Connaissant les foucades de son fils aîné et ses explosions de colère, il avait invité à déjeuner Raymonde avant la conclusion des derniers accords familiaux. Pour la prévenir. Peut-être la dissuader.

Mais du moment qu'elle sentit son fiancé mis en cause, Raymonde se sentit amoureuse d'Yves, vraiment, pour la première fois. Les dés étaient lancés.

L'extravagante réception des noces l'après-midi avait fait partie des tractations matrimoniales. Et ce fut somptueux. Serrés l'un contre l'autre, Yves et Raymonde posèrent pour les photos avec, à leurs pieds, des corbeilles de lis et de roses. Ils allaient bien ensemble, ma foi, disaient les invités. Joli couple. Ils étaient ravissants. Ensuite, voyage de noces.

Et service militaire à Saint-Avold comme élève officier pharmacien. Pour deux ans. Lettres, amour, ennui. Lorsque Yves arriva à sa caserne, les Français étaient encore en train de chasser les dernières familles allemandes installées après la défaite de 1870. Raymonde alla le voir, manteau de phoque, il faisait froid, on prit des photos avec des copains. Au bord de l'eau.

Dans la corbeille de mariage, Georges Gornick avait aussi mis l'achat d'une pharmacie centrale que Raymonde tiendrait dans le sixième, un quartier de Paris riche en couvents, antiquaires et artisans. À la fin du service militaire, Yves voulait poursuivre ses études et devenir médecin, il suffisait d'une thèse, ce ne serait pas long.

En Bavière, le 12 février 1938, le Führer convoqua le chancelier d'Autriche, Kurt Schuschnigg, pour un entretien dans sa résidence de Berchtesgaden. En arrivant, l'Autrichien se trouva face à tout l'état-major allemand, et pendant toute la matinée, le Führer lui jeta des accusations à la tête, haute trahison, insupportable, il faut que cela cesse IMMÉDIATEMENT. Dans l'après-midi, on lui mit sous le nez un accord « non négociable » : tous les partis devaient pouvoir exercer librement leurs activités en Autriche, et surtout le parti nazi.

Deux ministres nazis furent nommés dans le gouvernement du chancelier Schuschnigg, qui jusque-là tentait de maintenir l'indépendance de son pays en réprimant le parti communiste et le parti nazi. Dans un discours radiodiffusé virulent, le Führer proclama que seul l'Empire allemand pouvait défendre les pays germaniques en souffrance. Schuschnigg répondit sur les ondes que l'Autriche resterait indépendante. Sur quoi, à Graz, les SS autrichiens détruisirent le matériel radio, renversèrent le drapeau et le remplacèrent par la croix gammée.

Le 9 mars, à Vienne, le chancelier Schuschnigg annonça un référendum sur l'indépendance de l'Autriche pour le 13 mars. Le 11, il démissionna et les SS l'arrêtèrent.

Et le 12 mars, à 5 h 30, les troupes allemandes franchirent la frontière de l'Autriche où elles furent accueillies avec des fleurs.

Dès la démission de Schuschnigg, aux cris de « Mort aux Juifs ! », la population viennoise se déchaîna contre eux avec une violence extrême, les forçant, par exemple, à lécher le trottoir. De nombreuses synagogues furent brûlées, il y eut des milliers de blessés et, naturellement, une trentaine de morts.

La France était sans gouvernement, le président du Conseil ayant été renversé par l'Assemblée. On pensa que l'invasion de l'Autriche avait été précipitée par la vacance du pouvoir à Paris. Il y eut une grande manifestation à Londres, et puis ce fut à peu près tout.

Dans la nuit du 12 au 13 mars, vingt et un mille personnes furent déportées au camp de concentration de Dachau, agrandi pour la circonstance, et, dans la foulée, commença la construction du camp de concentration de Mauthausen.

Le 12 mars 1938, à Prague, on inaugura tranquillement la Foire internationale aux échantillons.

Ça n'allait plus du tout. Une Foire Internationale pendant que le Führer envahissait l'Autriche ? On restait sans rien faire ? Georges Gornick s'inquiéta, car brusquement, à l'aube, des Allemands de Prague hissèrent les couleurs des nazis. Rouge, noir, blanc.

Le 13 mars, au lieu du référendum, une loi proclama le rattachement de l'Autriche au Reich allemand, l'*Anschluss*. En allemand, ce mot signifie raccordement, et cette loi devrait être approuvée le 10 avril par un plébiscite « à vote libre et secret », dans les deux pays. Résultats : 99,08 % en Allemagne, 99,75 % dans ce pays qui avait été auparavant la brillante et la belle Autriche. Les violences antisémites s'arrêtèrent le 19 avril, sur ordre des autorités nazies. Pas de désordre.

Le 14 mars, à Bratislava, le Parlement slovaque proclama la création de l'État slovaque. Le même jour, le Führer invita à Berlin le président tchèque, le docteur Emil Hácha, par train spécial. Arrivé à 1 heure du matin, le docteur Hácha se fit gourmander pour le désordre dans les rues de Prague et fut invité à signer une demande de protectorat militaire allemand sur ce qui restait de son pays, la Bohême et la Moravie.

Emil Hácha fit un malaise, on le soigna, et il signa. À l'aube, la radio tchèque annonça que, à la demande de son président, les troupes allemandes avaient envahi la Tchéquie. Le Führer arriva au château de Prague dans l'après-midi. Entre-temps, les nazis avaient dévasté les magasins juifs, brisé leurs vitrines en autant de morceaux de verre.

Le 16 mars, alors qu'on avait laissé au docteur Hácha le titre de « président d'État », Konstantin von Neurath, le vrai patron nazi nommé par le Führer, commença à faire appliquer les lois de Nuremberg en Bohême et en Moravie.

Dans les jours qui suivirent, le Führer ordonna l'organisation de groupes spéciaux d'intervention composés de SS et de policiers, les *Einsatzgruppen*, pour sécuriser l'ensemble des parties conquises du Reich allemand.

Sur la ligne Maginot, les permissions furent supprimées.

En juillet, Raymonde annonça à ses parents qu'elle attendait un enfant. L'Anschluss n'était plus contesté, les Européens faisaient le gros dos, et même dans l'Italie fasciste, le *Duce* Mussolini suivant avec une certaine inquiétude la politique d'annexion de son homologue nazi. L'été endormait les consciences, sauf celles des réfugiés juifs, en si grand nombre que Roosevelt, le président américain, s'en inquiéta. Trop, c'était trop.

Le 15 septembre, le Führer annonça que, le 1er octobre 1938, il allait annexer le territoire germanophone des Sudètes, partie intégrante de la Tchécoslovaquie. La France et le Royaume-Uni réagirent immédiatement en fixant la date du 29 septembre pour une grande conférence pacifique à Munich, avec le Reich et l'Italie.

Yves s'ennuyait ferme sur la ligne Maginot.

Une fois la pharmacie centrale du Cherche-Midi achetée, Yves prit soin du décor des vitrines. Pendant une courte permission, il dénicha chez un antiquaire trois énormes bonbonnes en verre qu'il expédia à sa femme, non sans difficultés. À la permission suivante, il les remplit d'eaux colorées en rouge, en vert et en bleu roi. Il posa sur le haut des boiseries des pots canons à pharmacie en porcelaine avec des ornements fleuris, un épais crocodile dont le museau servait à fabriquer des pilules en préparation magistrale, et même une thériaque ancienne. Cela ne servait à rien, mais c'était magnifique. Pour avoir vu Yves dessiner pendant leur voyage de noces, Raymonde connaissait ses talents.

Enceinte de trois mois, la jeune femme ouvrit sa pharmacie au début de l'automne 1938. La menace nazie galopait. En septembre, les Puissances européennes se réunissaient à Munich pour ficeler la paix comme un chapon farci, avec aiguille courbe et fil tordu. Adolf Hitler veut les Sudètes ? On les lui abandonne. Ils ne sont pas allemands, mais tchèques ? Malheur à eux. Ils s'en iront. Le président tchèque démissionna en maudissant la trahison de l'Europe. Le Führer laissa dix jours pour déguerpir aux Tchèques habitant la région des Sudètes.

L'Anglais Chamberlain rentra à Londres très satisfait, parce qu'il avait arraché au Führer une résolution pour traiter de façon pacifique leurs différends futurs. Le Français Daladier, lui, était si triste qu'il prit peur en se voyant attendu par une foule immense forcément hostile puisqu'il avait cédé. Ce fut tout le contraire. Daladier descendit sur le tarmac sous les acclamations. Il avait sauvé la paix !

« Non, pensait Daladier. Bien sûr que non. La prochaine fois, il s'en prendra à la Pologne. »

Chacune des deux familles se prépara au pire. Louis, le père d'Yves, veilla sur les études de son benjamin et songea à l'envoyer aux États-Unis. Georges Gornick resserra les liens de ses réseaux maçonniques et chercha où partir après la naissance de l'enfant de sa fille. Les épouses prirent contact pour faire connaissance et les quatre parents s'affolèrent tous ensemble. Que deviendrait l'enfant des jeunes mariés ? Ce fut le début de leur rapprochement. Et puis non. Tout retomba. Les Soviétiques avaient mobilisé, mais bon. La paix tiendrait. Apaiser le Führer ? Tu parles, pensait Raymonde.

Née au début de la Grande Guerre, en 1914 (ou 1913, elle ne savait pas trop), elle avait gardé en tête les drapeaux bleu-blanc-rouge qui ornaient les fenêtres à Paris le jour du défilé de la victoire sur les Champs-Élysées, le 14 juillet 1919. Pour le reste, sa mémoire restait floue. Elle se rappelait seulement ces drapeaux qui flottaient et de bizarres soldats barbus, coiffés d'un turban, qui intriguèrent beaucoup la petite fille. Elle avait aussi vu des amputés revenant de la guerre. La guerre mutilait, l'enfant avait compris ça.

Comme la plupart des Juifs de France, la jeune fille avait suivi l'écrasement rapide des Juifs du Reich. Dès l'automne 1933, les lois antisémites s'étaient accumulées à la vitesse d'un tir de mitraillette. Restrictions, expropriations, marquages, encerclements, déportations. Ouverture des premiers camps de travail. Transferts et disparitions mystérieuses des handicapés et des malades mentaux. Et pour sauver la paix de la faillite, personne n'avait osé menacer Adolf Hitler parmi les anciens alliés de la Tchécoslovaquie.

Tout allait si vite.

Au bout de quelques jours, Raymonde identifia parmi ses clients les coiffes et les voiles des religieuses du coin, une bonne clientèle, elles s'occupaient des vieux et des malades. Les religieuses identifièrent très vite le ventre qui gonflait de leur jeune pharmacienne. Elles se montrèrent aidantes, ravies de cet enfant. Raymonde se demandait tous les jours si elles avaient deviné que leur pharmacienne était juive, mais rien. Les nonnes étaient insoupçonnables. C'est toujours ça de pris, pensa Raymonde – c'était son slogan.

Leur appartement au premier étage disposait d'un malcommode escalier de bois permettant de descendre directement dans la pharmacie. En dépit de sa grossesse, Raymonde montait et descendait trois à quatre fois par jour. Elle n'imaginait pas son jeune mari s'occupant d'une échoppe à la fois scientifique et commerciale. Commercial, Yves ? Elle en riait toute seule.

Yves s'imaginait souvent l'œil collé au microscope devant la paillasse blanche d'un laboratoire de recherche, en digne fils d'un grand chimiste, alors que Raymonde raffolait des clients murmurant pour demander tel ou tel médicament, le plus souvent en s'excusant. Elle aimait sa blouse blanche portée comme une armure, l'atmosphère un peu tiède de conversations secrètes, l'harmonie du travail avec son Préparateur en pharmacie, un vieux routier, et elle aimait surtout rassurer. Rassurer, c'était fondamental, ne vous inquiétez pas, madame, tout va bien se passer vous ferez attention aux horaires je vous revois la semaine prochaine à bientôt ! Et elle affûtait son merveilleux sourire de jeune fille russe.

Elle apprit à reconnaître les drogués de Montparnasse venus demander de l'élixir parégorique, autrement nommé *teinture d'opium camphrée*, en vente libre. Ils n'étaient pas méchants, enfin si, quelquefois. Un soir, un vieux et grand gaillard piqua une colère qui fit reculer la jeune femme dans le petit labo du fond, mais le Préparateur se chargea calmement de traiter le gaillard, qui s'excusa mille fois et lui tendit sa carte de visite comme pour se justifier : *Francis Poulenc*. Le Préparateur appela Raymonde et le compositeur se confondit en excuses, cela n'arriverait plus.

« La prochaine fois, dit gentiment Raymonde, venez après le dîner et montez à l'appartement, premier étage, porte gauche. Je vous mettrai un flacon de côté. » Tenir une pharmacie était devenu un métier aventureux et Raymonde se retrouva contrainte de frayer avec l'effroi. Mais pas trop.

À force de s'ennuyer sur la ligne Maginot, Yves pressentait le bond de la guerre, pour l'instant ramassée comme un fauve guettant une biche. Début novembre, pendant une de ses rares permissions, Yves retrouva son épouse enceinte dans leur grand lit. Il lui fit l'amour précautionneusement, mais saisi de passion, sur un coup de cœur il la serra si fort que Raymonde se mit à gémir attention le bébé mon chéri, Yves desserra ses bras. Ils étaient deux jeunes gens dans l'approche de la guerre, face à l'homme qui avait projeté publiquement d'éliminer les Juifs d'Europe.

Au creux du lit, Raymonde se sentait protégée. Et Yves avait conquis la femme juive de ses rêves.

Le 7 novembre 1938, débarqua dans la pharmacie un client qui semblait épuisé. Il portait un loden d'un autre âge, couleur nazie, mais l'homme faisait pitié avec ses traits tirés. Raymonde comprit à l'instant qu'elle était en face d'un réfugié allemand. Elle quitta le comptoir, elle le fit asseoir, lui tendit un verre d'eau. Je m'occupe de vous dès que j'ai terminé avec ces dames, lui dit-elle en allemand. Ce ne sera pas long. Le visage du client s'éclaira.

Le soleil de novembre se mit à décliner. Trois religieuses en cornette venaient comme tous les jours réassortir l'aspirine, l'huile de foie de morue, l'éther et l'eau oxygénée. Raymonde commençait à bien les connaître. Sœur Rosalie, sœur Marguerite et sœur Jésus, les soignantes du couvent, s'essayaient à la joie de vivre, surtout la plus âgée. Sœur Jésus, la plus jeune, souriait peu. Du peu de confidences lâchées avec tristesse, Raymonde avait compris que cette femme encore jeune en avait vu de toutes les couleurs pendant la guerre civile en Espagne. Réfugiée à Paris ? Ce n'était pas impossible.

Elles papotèrent un instant, puis sortirent en jetant des regards apitoyés sur le malheureux réfugié. Quand ils furent seuls, Raymonde s'approcha de lui. Il aperçut la rondeur de son ventre. Vous devriez vous asseoir, dit-il en allemand. J'insiste, je suis médecin.

Le docteur Schütz venait d'arriver d'Allemagne. Comme il s'y était plus ou moins attendu, les lois raciales antisémites venaient d'interdire la pratique médicale à tous les médecins juifs sur les terres du Troisième Reich. Schütz s'était préparé, il n'avait pas hésité, il avait plié ses bagages, versé aux nazis les sommes des otages juifs et réservé un aller Berlin-Paris. Plus rien ne le retenait là-bas : il était célibataire, sa mère avait quitté Berlin pour l'Amérique depuis longtemps, il n'avait plus de famille en terre nazie.

« Vous êtes parti si vite que ça ? murmura Raymonde. Est-ce que c'est vrai, ces histoires de camps ? »

Le docteur Schütz avait fui son Allemagne. Un jour plus tard, il aurait pu se faire arrêter, déporter, oui, ces camps existaient, non, on n'y mourait pas, mais on était privé de liberté, comme en prison. Un jour, peut-être deux, c'était imprévisible, les SS pouvaient débouler à tout moment, et toutes celles et tous ceux qui pouvaient partir s'en allaient. Mais il avait bien préparé son départ en louant rue du Cherche-Midi un petit appartement dont une pièce deviendrait sa salle d'attente.

« Vous allez donc devenir médecin juste en face de la pharmacie ? dit Raymonde. Il faudra prendre contact avec…

– Tout est réglé, dit le docteur Schütz. J'ai des amis à Paris.

– Avez-vous une spécialité ?

– Généraliste. Je suis médecin généraliste.

– Vous savez où dormir ? »

Le réfugié eut un sourire. Il avait réservé une chambre à l'hôtel Lutetia.

Un bruit se fit entendre. Yves descendait du premier étage. Raymonde se leva, poussée par un ressort.

« Je te présente le docteur Schütz, il arrive d'Allemagne, tu sais…

– Oui, dit le mari de Raymonde. Je me doute. Bienvenue à Paris, docteur. »

À la surprise de Raymonde, Schütz répondit en français en cherchant un peu ses mots.

« Mais vous parlez français ! s'écria-t-elle. Pourquoi m'avez-vous laissée parler allemand ?

– Parce que, enfin, vous avez dans ma langue un si joli accent, dit Schütz. Un accent *aus Paris.* »

Raymonde éclata de rire. Dans toutes les langues, en russe, en allemand, en anglais, elle gardait un accent parisien. Au lycée, ses professeurs disaient même « parigot ».

« Ah, les titis parisiens, reprit Schütz. Ils sont si drôles. »

Ce n'était donc pas son premier voyage à Paris. Il y avait des amis, il connaissait un brin d'argot, il s'intégrerait vite, pensa Yves.

« Il est temps de fermer, ma chérie », dit-il en posant une main sur l'épaule de Raymonde.

Schütz se leva comme tout à l'heure Raymonde, d'un coup, et il fit claquer ses talons.

« Je m'en vais, pardon de vous avoir dérangée, madame.

– À bientôt, dit Raymonde. Vous pouvez compter sur moi. »

Il sortit de la pharmacie et Raymonde poussa un cri léger. Yves se précipita.

« Tu as mal ? Assieds-toi. Ce n'est pas une contraction, dis-moi ? Je t'apporte un verre d'eau… »

Raymonde secoua la tête, « non, mais non, chéri, le bébé vient de bouger, mets ta main ».

Yves s'agenouilla, posa sa grande main, sentit l'enfant, se redressa, ému. C'était la première fois que leur bébé bougeait.

À l'intérieur

Ça bouge en elle. Ça vient d'ailleurs. Plus seulement le fourgonnement permanent de l'eau salée s'écoulant dans la bouche, plus seulement le crissement des os de la grande mère autour de ça qui sera moi, plus seulement. Là, ça vient de l'extérieur. Quelqu'un est arrivé vibrations puissantes d'une voix inconnue. Toute la journée avant qu'elle ne s'endorme des vivants tournent autour d'elle à voix embrouillées, bonnes voix. Mais ça ! Autre chose. Voix trop profonde, danger, où est la voix fine de l'autre qui dort à côté d'elle ? Pas là. Alors ça va bouger. Tourne tête allonge pied, l'eau bouillonne, tendre bras elle criera cogner voilà, elle a crié. L'autre voix du lit est arrivée. Fini la peur. Replier jambe, pas faire mal, en position roulé-boulé ne plus bouger. Qui veut quoi ?

Le docteur Schütz s'appelait Samuel et ne parlait pas yiddish. Oui, il était juif – sans cela il ne serait pas parti –, mais ses parents s'étaient convertis au calvinisme pour se fondre dans l'humanité allemande. Quand ils avaient changé de religion, les Schütz ne se sentaient pas menacés, mais dans une Europe capable d'avoir sacrifié tant de millions de vies de soldats, il fallait se prémunir. Le protestantisme allemand était puissant.

Malheureusement, ça n'avait pas suffi. Selon les lois raciales de l'automne 1935, les fameuses lois de Nuremberg, si trois des grands-parents étaient juifs, leur petit-fils serait déclaré juif. Si deux grands-parents seulement étaient juifs, même punition. Samuel Schütz n'y couperait pas. Il était un *Mischling*, un métis comportant une part de honte raciale et une autre de sang non corrompu. Encore que. Deux parents convertis ? Mais ils étaient nés juifs ! Les lois sur « la protection du sang allemand et de l'honneur allemand » exigeaient des critères de pureté pesés au trébuchet.

L'étau s'était resserré à mesure que les Juifs fortunés avaient réussi à partir, départ lourdement taxé, argent versé au Troisième Reich. Son père était mort brusquement, sa mère était partie par bateau à New York. Leurs œuvres d'art avaient été confisquées sur le port de Hambourg, et tout le monde savait que le ministre-président de Prusse, Hermann Goering, raflait des tableaux anciens tous les jours. Samuel avait tenu bon.

Le 7 novembre 1938, un jeune réfugié juif allemand abattit dans son bureau le troisième conseiller de l'ambassade du Reich à Paris. Il mourut le lendemain.

Le 9 novembre, à Berlin et dans tout le territoire, sur ordre de Goebbels avec la permission du Führer, les SS et les SA incendièrent deux cents synagogues, bastonnèrent ou arrêtèrent des Juifs par milliers pour les envoyer en déportation, brisèrent les vitrines de tous les magasins juifs avec une telle fureur que le verre, en cassant, dispersait ses éclats avec un bruit de clochettes. D'où son nom, si beau pour pareil événement, la Nuit de Cristal, « qui brille et qui pétille », selon un dignitaire nazi. Avant de tirer, Hermann Grünspan aurait crié à la face du conseiller d'ambassade : « Vous êtes un sale Boche et je venge nos douze mille victimes. »

Yves était reparti la veille sur la ligne Maginot.

Raymonde ferma sa pharmacie et fila réconforter ses parents. Dans le grand appartement de la rue de Paradis, Georges et Sipa, consternés, lisaient et relisaient les journaux. De nombreux Juifs avaient péri dans la rue sous les coups de botte ou de revolver, d'autres, par milliers, s'étaient suicidés. Ils se parlèrent peu. Raymonde allait embrasser l'un ou l'autre, leur prenait les mains, épongeait la sueur sur le front de Georges.

« C'est bien que tu aies épousé Yves, dit Sipa. Femme d'un goy, cela nous protégera tous. Quant au petit dans ton ventre, il ne sera pas circoncis, et je m'en fous ! Ça nous est complètement égal, hein, *lioubov* ?

– Rien ne nous menace en France, répondit Georges. Ne t'inquiète pas, ma colombe. Pour ce qui est du petit, je ferai une donation à la synagogue, voilà. Et toi, ma fille, tu en penses quoi ? »

Hochant la tête, Raymonde fit couler l'eau du samovar et leur prépara des tisanes. Elle décida de rester dormir avec eux.

Lorsqu'elle ouvrit le lendemain matin, le docteur Schütz l'attendait sur le trottoir, l'air chiffonné, la main bandée.

« Ah ! C'est vous, enfin, je me suis inquiété, il n'y avait pas de lumière dans votre chambre hier soir, tout va bien, madame ? »

Raymonde lui décocha son sourire du matin, légèrement embrumé et d'une grande douceur.

« J'ai simplement dormi chez mes parents, dit-elle. Ils étaient très secoués.

– Nous le sommes tous, répondit Samuel avec gravité.

– Vous avez besoin de quoi ce matin ?

– Je me suis coupé et ça saigne beaucoup, donnez-moi…

– Entrez, dit Raymonde en poussant la porte. Montrez-moi ça. »

La blessure n'avait pas besoin de points de suture. Raymonde nettoya, désinfecta, pansa. Samuel ne disait rien. Mais à nouveau Raymonde grimaça.

« C'est le bébé ? dit-il en pointant le ventre arrondi du menton.

– Il galope ! dit Raymonde. Il s'est tenu tranquille cette nuit, alors il se rattrape… Qu'est-ce qui va se passer, à votre avis ? »

Le docteur Schütz se leva avec irritation.

« Rien ! Mais rien ! M. Roosevelt a rappelé son ambassadeur à Berlin, tout le monde s'agite, mais vous verrez, ils ne feront rien.

– Ça, c'est impossible », dit fermement Raymonde.

Schütz arrêta son piétinement.

« Voyons, *Frau* Raymonde, lui dit-il avec gravité. Vous avez vu ce qui s'est passé à la Conférence d'Évian en juillet dernier ? Très belle initiative de Roosevelt ! Rassembler les démocraties pour accueillir les réfugiés juifs chassés d'Allemagne et d'Autriche, vous vous souvenez ?

– Je crois, dit Raymonde. Juste après l'annexion de l'Autriche par votre… votre chef. C'est à Évian qu'on a appris que Hitler voulait déporter les Juifs à Madagascar ?

– On a surtout compris que personne ne bougerait ! se mit à crier Samuel Schütz. Aucun pays n'a voulu de nous, vous vous souvenez ? L'Angleterre nous a refusé la Palestine pour éviter les conflits avec ses Arabes, l'Australie ne voulait pas d'immigrants, et même la France ! Même elle.

– Je ne savais pas, murmura Raymonde. Je suis vraiment désolée. »

Schütz prit une grande inspiration et se rassit.

« La vérité, c'est que le Führer peut faire ce qu'il veut avec les Juifs, le monde s'en moque. Je pense qu'il fera pire, bien pire !

– Allons, dit-elle fermement. On ne va pas laisser ce fou assassiner les Juifs d'Europe !

– J'espère que non, murmura Samuel. Je prie sincèrement pour que cela n'arrive pas. S'ils font ça, je ne retournerai jamais en Allemagne.

– Tant mieux ! dit Raymonde en tapant sur le bois du fauteuil. Vous êtes bien ici avec nous. »

Le soir du 10 novembre 1938, pour expliquer la Nuit de Cristal, les autorités nazies annoncèrent par communiqué officiel une centaine de morts dus aux troubles à l'ordre public. Ce chiffre n'était pas suffisant pour faire autorité. On ne le crut pas.

On apprit les déportations. Des milliers de Juifs étrangers avaient été pris dans les arrestations du Reich, les protestations officielles s'accumulèrent, l'indignation fut générale. Pour autant, les États-Unis d'Amérique n'augmentèrent pas le chiffre d'accueil des Juifs venus d'Allemagne, à cause d'un décret sur l'immigration publié en 1924.

L'Europe s'émut beaucoup. Hormis un début de boycott, il ne se passa rien. Dans la presse internationale, certains notèrent que le peuple allemand, qui n'avait pas levé le petit doigt pour prêter secours à ses concitoyens massacrés, semblait apprécier ce que le Troisième Reich faisait aux Juifs dans son pays, ce qui conforta le Führer dans ses intentions. Il leva un énorme impôt sur les Juifs allemands encore vifs et leur fit payer toutes les réparations pour le cristal brisé.

Presque chaque soir, le docteur Schütz venait saluer Raymonde qui fermait la pharmacie à l'heure où il regagnait sa petite chambre à l'hôtel Lutetia. Il l'aidait à baisser le rideau de fer, ce qui était devenu très difficile à une jeune femme enceinte de sept mois. La nuit tombait vite, ils n'avaient pas beaucoup de temps pour une conversation, mais Raymonde lui précisait le soir les noms des pratiques qu'elle lui avait envoyées pour une consultation le lendemain. Il remerciait beaucoup, Raymonde lui avait rapidement édifié une patientèle, dans laquelle se trouvaient les bonnes sœurs du couvent voisin, car certaines, venues d'Alsace, aimaient bien s'exprimer en allemand.

Le 30 janvier 1939, dans un discours devant le Reichstag, le Führer fit une annonce : « Je veux être à nouveau prophète. Si la juiverie financière internationale, en Europe et à l'extérieur, devait parvenir une fois de plus à plonger les nations dans une guerre mondiale, il en résulterait non pas une bolchevisation de la terre et donc la victoire de la juiverie, mais l'anéantissement de la race juive en Europe ! »

Les puissances européennes trouvèrent qu'il exagérait, d'ailleurs on savait bien que le leader était un peu cinglé. Mais si vraiment les Soviétiques parvenaient à conquérir l'Europe, alors oui, pensèrent les chefs d'état-major de l'armée française, oui, mieux valait être nazi que russe. Les Juifs ? Bah, ils l'auraient quand même un peu cherché, songea distraitement l'ambassadeur de France à Madrid, le maréchal Pétain.

Raymonde se sentait si pesante qu'elle ne parvenait plus à remonter à l'appartement par l'escalier de bois. Elle faisait le tour, sortait avec Samuel et remontait par le grand escalier à moquette. Samuel lui donnait le bras, l'enfant bougeait beaucoup.

Intérieurement

Encore ça ! La mauvaise voix, elle n'entend pas, déplier lèvres cesser de boire non. La secouer, l'alerter, allez ! détendre, poing serré cogner tendre pas de répit on va, on va, alors tourner retourner comprend-elle non continue il faut non elle doit oui oui ! elle sent ! Suis là. Suis là ! Trop près d'elle, doit partir, la lâcher, la quitter oublier mauvaise voix on bouge, on doit bouger, pour de bon forcer, en avant, plus bas tête à l'envers, pousser, plier bras plier jambes, pousser tête, aaah presque encore caser la tête contre ses os, voilà voilà on y est.

Puis l'enfant ne bougea plus.

Raymonde prit peur.

Les femmes autour d'elle avaient beau lui répéter que l'immobilité du bébé dans son ventre signifiait au contraire qu'elle allait accoucher, Raymonde s'effraya. Il n'y avait pourtant aucun jeu là-dedans, aucun pari, mais c'était plus fort qu'elle, ce corps dans le sien qui allait advenir et si c'était comme à la roulette, maman ?

« Chhut, soupirait Sipa. N'aie pas peur ma colombe. Ça va aller, tu verras. »

Yvonne, sa belle-mère, était du genre militaire, à donner des coups de pied au cul si tout ne marchait pas comme elle voulait. Étrangement, c'était plus efficace que les tendres enveloppements de Sipa. « Courage, ma fille ! disait Yvonne. Haut les cœurs ! On ne va pas se laisser aller comme une fillette ! »

Le plus effrayé de tous aurait été le futur père, mais il ne pourrait revenir qu'après l'accouchement et encore, ça n'était pas certain. Mais dans ses lettres, il se réjouissait que l'enfant ne bouge plus. Il allait arriver, et ce serait un fils.

À l'intérieur

Bloquée. C'est bien. Tête emboîtée prisonnière, ça pèse ! À m'écraser. Bras et jambes repliés, impossible de bouger. Pourquoi cet empêchement ? Que veut-Elle ? Ma sortie ? Sortir où, laper quoi ? La buée grumeleuse qui m'entre dans les lèvres pour me nourrir, existe-t-elle dehors ? Dehors ??? Qu'est-ce que c'est dehors, ça n'existe pas ! Elle ne va pas briser l'œuf dont elle m'a entourée, je ne pardonnerai pas ça, je vois bien que même intérieurement je réussis à faire des phrases, je dis même Je, elle y tenait tellement je ne veux pas sortir de l'eau tiède, je veux nager mais déjà impossible, bloqué. Frissons, secousses ? Qu'est-ce qu'Elle invente encore ? La voilà qui monte les escabeaux pour ranger des médicaments en hauteur cette fille est folle, Elle me secoue m'écrase et nous fait souffrir ensemble, arrête, Elle, arrête s'il te plaît, ne bouge plus de grâce merci non je ne veux pas, ma bulle se crève

Raymonde redescendit l'escabeau de la pharmacie. « Je crois que j'ai perdu les eaux... dit-elle honteuse, ça dégouline les eaux ce n'est pas de l'urine, non mes eaux sont claires. Il faut que j'appelle Yves sur la ligne Maginot, je tremble, je ne peux pas m'en empêcher... »

On m'embarque avec Elle et un tas de paquets. Je suis on ne peut plus bloquée mais un léger mouvement de vagues régulières me propulse. Elle en souffre. Elle crie. Lui se tient dans le couloir en train de réfléchir à ce qui lui arrive, je le sais, déjà ? si vite ? Mais les biberons, les tétées, le féminin pluriel, le féminin suprême, pourvu que ce soit un fils. Non, une fille.
Par poussées successives la porte de son ventre commence à s'ouvrir. J'ai peur. Et j'ai raison. Une brusque accélération fait advenir une expulsion géante ça va me briser le crâne les os les particules non pas question je file vitesse horreur...
Ouvrir la bouche, respirer, hurler de douleur les poumons se déplissent souffrance affreuse mais cri. J'ai poussé un cri libérateur. Suis dehors. Enserrée dans un monde de géants. Quelqu'un me prend, me tortille, me saisit par les jambes tape un petit coup sur le dessous de mes pieds

« Elle va très bien, votre fille, comment l'appellerez-vous ?
– Catherine.

– On va aller la montrer à ses grand-mères », dit la sage-femme.

Aveuglée. Éblouie. Tout oublié ce que j'avais appris.
Recommencer.

À la clinique très chic exigée par son propre père, Raymonde reçut beaucoup, des visites, des bouquets, des lis trop parfumés dont l'exquise odeur tournait presque tout de suite en parfum d'escalope corrompue. Photos du bébé dans les bras des mamies, grands-pères tendrement penchés sur leurs épaules, embrassades, et beaucoup trop de questions. Au bout d'une semaine, Raymonde rentra épuisée rue du Cherche-Midi et enfin, elle dormit.

Le 26 mars 1939, la Pologne rejeta les exigences du Führer : restituer à l'Allemagne la ville de Dantzig, construire une autoroute et une voie ferrée à travers le corridor de Dantzig, qui longeait la Poméranie allemande.

La France et l'Angleterre avertirent qu'il ne fallait pas toucher à la Pologne.

Et du coup, un mois plus tard, l'Angleterre rétablit le service militaire obligatoire. Après l'affreuse défaite des Républicains en Espagne, battus par les troupes du général Franco le 1er avril, l'Europe reconnaissait l'approche de plusieurs guerres. L'habitude.

Pressée par ses parents et ses beaux-parents, Raymonde prit le train pour Angers avec sa petite fille. Ses parents hésitaient à quitter leur appartement de la rue de Paradis, et puis bon ! La guerre n'était pas encore déclarée.

À une vingtaine de kilomètres d'Angers, Louis avait acheté, après la Grande Guerre, trois maisons et une tour carrée dans le minuscule village du Thoureil, sur le bord de la Loire entre Angers et Saumur. Raymonde et le bébé y seraient bien.

À la fin du mois d'avril 1939, le Führer dénonça le pacte de non-agression germano-polonais qu'il avait lui-même signé en 1934. En mai, il signa avec l'Italie fasciste le Pacte d'acier, militaire et politique. Signer, dénoncer, dénoncer toujours, ce dictateur allemand paraphait des torchons de papier qu'il déchirait à sa guise. Et pendant qu'il signait de nouveaux pactes de non-agression avec la Lettonie et l'Estonie, il préparait un nouveau pacte auquel personne ne s'attendait.

Fin mai, Joseph Staline fit des avances au Führer.

Le 16 juillet, à Londres, une réunion franco-anglaise décida de réserver des créneaux en langue française sur des canaux dédiés de la Broadcasting British Corporation.

Alerté par l'un de ses frères francs-maçons, Georges Gornick retira une grosse somme d'argent de l'un de ses comptes bancaires pour la première fois.

Fin juillet, le Führer répondit favorablement à Josef Staline et le 23 août, les deux puissants du monde signèrent à Moscou un pacte officiel de non-agression pour dix ans, semant le désespoir parmi les militants communistes français. C'était injustifiable. Secrètement, le Nazi et le Soviétique s'étaient entendus pour se partager la Pologne.

Ce jour-là, Raymonde se demanda si elle ne portait pas un autre enfant. Elle écrivit à Yves et l'émotion grandit. Et ce même jour, le 23 août, la France rappela tous les réservistes de son aviation.

Trois jours plus tard, le Führer décréta la mobilisation générale. On y était presque. Raymonde pleura beaucoup à l'idée de mettre au monde un nouvel enfant exposé aux risques d'une guerre.

Le 26 août, Édouard Daladier interdit la presse communiste et fit coffrer les militants qui distribuaient des tracts en faveur du pacte germano-soviétique.

Le 30 août, le Führer lança un ultimatum à la Pologne, qui mobilisa. Et le 31, il donna l'ordre.

La France et l'Angleterre proclamèrent aussitôt la mobilisation générale. Yves était mobilisé sur place. Près de Saumur, à Gennes, le pharmacien partit en toute hâte et Raymonde décida qu'elle le remplacerait. Après tout, le petit village du Thoureil où s'étaient installés Louis et Yvonne n'était qu'à cinq kilomètres de Gennes.

Georges et Sipa Gornick confièrent leur appartement de la rue de Paradis au couple de leurs serviteurs bien-aimés, Victor et Suzanne, en qui ils avaient toute confiance pour s'occuper de la Babouchka, et quittèrent Paris pour s'installer dans un hôtel à Saumur, où s'étaient réfugiées une dizaine de familles juives.

– Gardez-nous tout ça en ordre pour notre retour, avait dit Georges à Suzanne et Victor, qui veillaient sur eux depuis déjà dix ans. Et si nous tardons trop, faites venir Raymonde, son mari et notre petite-fille. En nous attendant, vivez ici, prenez soin de notre Babouchka et surtout, prenez soin de vous.

Finalement, Raymonde n'était pas enceinte et c'était mieux ainsi.

Le 1er septembre 1939, la Seconde Guerre mondiale commença.

Au Thoureil, les hommes qui ne furent pas mobilisés étaient vieux par définition. Dans l'entourage de Raymonde, seul son gentil beau-père n'était pas sur le front. Pour qu'elle aille faire à Gennes son remplacement de pharmacie, Louis lui fit don d'une petite Citroën décapotable de type C, de couleur jaune pétard. Elle s'en servait à peu près bien, sauf un célèbre jour qui fit grand bruit dans la maisonnée : elle avait suspendu son sac à main au démarreur.

La clientèle de Gennes, composée de filles, de femmes et de vieux messieurs, était dans le même état que leur pharmacienne de remplacement. Sursautant au moindre bruit, demandant tous les jours des nouvelles, dure au mal, cœur têtu, incapable de prendre du repos à cause des confitures de poires et surtout, des vendanges à venir.

Fin septembre, il ne s'était rien passé et Raymonde emmena sa fille dans les vignes pendant que des femmes vendangeaient en pestant contre les araignées à longues pattes qui raffolent des ceps pour y tisser leurs toiles. En fin de soirée, les femmes les plus gaillardes versèrent dans le pressoir les grappes noires et pour la première fois, le bébé fut invité à poser ses pieds minuscules dans le moût gluant environné de guêpes.

À Berlin, datée du 1er septembre pour coïncider avec l'attaque de la Pologne, sur un papier à en-tête de l'aigle impériale et de son nom, le Führer signa une décision prête depuis une bonne année :

> *Le* Reichsleiter *Bouhler et le docteur Brandt sont chargés de la responsabilité d'étendre le domaine de compétence de certains médecins nommément désignés, afin que les patients qui, pour autant que l'entendement humain puisse en juger après un diagnostic des plus approfondis, sont considérés comme incurables aient droit à une mort miséricordieuse.*

La campagne contre les handicapés durait depuis au moins deux ans. Les esprits étaient prêts. Chacun savait par les affiches qu'un handicapé mental coûtait deux mille marks par an à la nation allemande. Les médecins et les scientifiques nazis les avaient préparés à accepter l'idée, radicale, des « vies sans valeur ». Au printemps 1939, des parents arrivaient tous les jours pour faire bénéficier de la « mort miséricordieuse » dont ils avaient entendu parler, leurs pieds-bots, leurs trisomiques, leurs becs-de-lièvre.

Dans l'administration nazie, l'euthanasie par gazage des handicapés et des malades mentaux prit le nom de Aktion T4. Il fut demandé aux médecins exécutants de ne pas faire peser sur les parents la responsabilité de la mort de leurs enfants. L'Aktion T4 avait beau être absolument secrète, Samuel Schütz en entendit parler par d'autres réfugiés.

Sur la ligne Maginot, Maurice Gamelin, généralissime des forces armées françaises, était un furieux attentiste. Il avait dissuadé son gouvernement d'intervenir en Rhénanie quand le Führer y fit entrer ses troupes, préférant mobiliser peu de troupes sur la ligne Maginot au lieu d'intervenir militairement. Comme le maréchal Pétain, il était soucieux de préserver ses hommes, hanté par les massacres de la Première Guerre mondiale. Il réagit de même en 1938 au moment de l'Anschluss, par peur d'attaquer. On le surnommait « Baudelaire » à cause d'un vers qui résumait sa stratégie : « Je hais le mouvement qui déplace les lignes. »

Au début de la guerre, il fixa les corps d'armée le long de la ligne Maginot, construite en 1922 pour protéger la France de toute invasion allemande, à l'exception des Ardennes, que Gamelin jugeait infranchissables. Les armées françaises tentèrent une percée réussie vers la Sarre, mais les civils avaient été évacués et les rues, minées. Au bout de huit kilomètres, les Français se rapprochaient dangereusement de la ligne Siegfried, ligne fortifiée allemande qu'on ne pouvait plus comparer à la ligne Maginot.

La ligne de défense allemande datait pour partie de la Première Guerre mondiale, mais le Führer l'avait peu à peu renforcée, violant du même coup les accords de Locarno signés en 1925 pour stabiliser les frontières intérieures européennes. Et il les avait transformés avec de solides bunkers tout neufs, encore davantage de 1938 à 1940.

Le 17 septembre 1939, l'accord entre l'Italie fasciste et le Troisième Reich s'augmenta d'un troisième partenaire, le Japon de Hiro-Hito, l'Empereur de « l'ère éclairée », marquée par une politique agressivement guerrière.

Ce trio voulut s'appeler l'Axe. Le seul intérêt du Japon était de neutraliser la puissance naissante des États-Unis, voués à entrer dans la coalition franco-anglaise, mais on ne savait pas quand. Ce même 17 septembre, l'Armée Rouge envahit la Pologne.

Au nord-est de la France, les soldats de Baudelaire n'étaient pas mécontents de franchir la frontière de la Sarre. Ils avaient appris une chanson anglaise qui se moquait gaillardement de la marche au pas de l'oie des soldats allemands, levant la jambe tendue presque à l'horizontale à chaque avancée.

We're going to hang out the washing on the Siegfried Line.
Have you any dirty washing, mother dear ?
We're gonna hang out the washing on the Siegfried Line.

Paul Misraki écrivit les paroles en français et Ray Ventura, célèbre pour son orchestre de « Collégiens », se chargea des arrangements musicaux.

On ira pendr' notre linge sur la ligne Siegfried
Pour laver le linge, voici le moment
On ira pendr' notre linge sur la ligne Siegfried
À nous le beau linge blanc.
Les vieux mouchoirs et les ch'mises à Papa
En famille on lavera tout ça
On ira pendr' notre linge sur la ligne Siegfried
Si on la trouve encore là
On ira là.

Quelque part dans la chanson se nichait un slogan fatal : « Tout va pour le mieux. »

Hormis les copains qu'il s'était faits, Yves commençait à s'ennuyer quand les premiers blessés arrivèrent de la Sarre. C'était une petite guerre qui savait très bien tuer.

Yves désinfecta, pansa, roula, plâtra et déroula des bandes Velpeau.

Non loin du but, le généralissime prit peur. Les mitrailleuses des armées allemandes étaient d'une puissance redoutable et ses chers soldats, anglais et français ensemble, seraient à découvert.

Le 26 septembre, à Paris, le Français Daladier décida de dissoudre le parti communiste français, contre l'avis de Léon Blum. Le 5 octobre, le Parlement termina ses travaux en privant les députés communistes restants de leur immunité parlementaire pour « trahison ». Beaucoup avaient déjà quitté le PCF.

Le 17 octobre 1939, Baudelaire donna le signal de la retraite sur la ligne Maginot. L'expédition avait fait trois mille morts anglais et français.

À Berlin, s'adressant à la foule au même mois d'octobre, le Führer avait donné un aperçu de l'avenir du Troisième Reich : « La tâche principale sera de créer un nouvel ordre ethnographique, en déplaçant les nationalités de sorte à améliorer finalement les lignes de démarcation d'aujourd'hui. »

S'agissant de la Pologne, elle serait partagée en une Pologne allemande et une Pologne soviétique. Et les Juifs de Pologne ? Eh bien, personne ne savait qu'en faire. Pas même Adolf Hitler qui avait écrit dans *Mein Kampf*, à propos des Juifs allemands, qu'il faudrait sans doute gazer « dix à douze mille de ces Juifs qui détruisent la nation ».

En effet, beaucoup avaient été spoliés, puis chassés d'Allemagne par le chargé de pouvoir des persécutions juives, le retors et puissant Adolf Eichmann. En 1938, après l'annexion de l'Autriche, ils avaient eu le droit de partir s'ils versaient une rançon. La princesse Marie Bonaparte avait ainsi racheté le docteur Sigmund Freud et sa famille.

Le 5 mars 1940, à Moscou, le Politburo du Comité central du Parti communiste de l'Union soviétique donna son accord à une demande rédigée par Lavrenti Beria, patron du Commissariat du peuple aux Affaires intérieures (NKVD). Beria souhaitait appliquer la peine de mort à vingt-cinq mille sept cent prisonniers polonais sans mise en accusation, sans aucun jugement, et sans même passer par son Commissariat. Les quatre membres présents du Politburo ratifièrent cet accord : Staline, Vorochilov, Mikoyan, Molotov.

Ces Polonais étaient des anciens officiers, des gendarmes, agents de police, agents du renseignement et, sans autre précision, « membres d'organisations contre-révolutionnaires, espions et saboteurs ». Les victimes seraient exécutées d'une balle dans la nuque, de fabrication allemande, et ensevelies par les milliers d'exécuteurs de sentences du NKVD.

À Paris, le 21 mars, Paul Reynaud fut nommé président du Conseil, et se trouva confronté à autant de partisans de la paix que de partisans de la guerre. Avait-il un point de vue ? C'était théoriquement possible. Cet homme-là avait pressenti la montée du nazisme et sa dangerosité.

Mais quand il fallut commander, il s'en remit à sa jeune maîtresse, la comtesse Hélène de Portes, qui lui suggéra de nommer le maréchal Pétain vice-président du Conseil. On n'était pas plus à droite que ce vieux maréchal de quatre-vingts ans. Ambassadeur de France à Madrid, Pétain admirait beaucoup le général Franco, vainqueur de la guerre civile en Espagne, et dictateur d'une extrême rudesse.

Le 3 avril, à Katyn, non loin de Smolensk, les exécuteurs de sentences soviétiques se mirent au travail. Il leur fallut plus d'un mois pour assassiner près de cinq mille prisonniers polonais, tous sélectionnés parmi les élites de la Pologne.

En Pologne occupée, le 27 avril, Himmler, lieutenant-colonel SS, donna l'ordre de construire un petit camp dans le village d'Oświęcim, qui vit son nom transformé en allemand, Auschwitz.

Le 4 mai, le dignitaire SS chargé de cette construction, Rudolf Höss, fit venir trois cents Juifs pour aider à la construction puisque aussi bien, selon l'architecte Albert Speer, les Juifs en Égypte savaient fabriquer des briques. Puis, Höss leur adjoignit comme surveillants des criminels de droit commun allemands, prisonniers chargés de la surveillance des Juifs.

Le 1er mai, en Pologne occupée, à Łódź, le district de Bałuty fut refermé sur plus de cent cinquante mille Juifs qui ne pouvaient plus sortir.

Le 10 mai, les armées du Troisième Reich envahirent le même jour la Belgique, les Pays-Bas, le Luxembourg, et la France en sautant à pieds joints par dessus les lignes de défense.

Quatre jours plus tard, les chefs militaires français qui jugeaient impossible la traversée des Ardennes par les blindés allemands constatèrent que les chars Panzer y parvenaient sans le moindre effort.

La stratégie de la ligne Maginot s'effondra. Baudelaire se noya dans l'organisation et les rumeurs sur son état de santé commencèrent : syphilis ? malaria ? dégénérescence ? Les ragots signalaient à tous que le général Gamelin n'était plus capable.

Yves essaya vainement d'appeler Raymonde par téléphone, mais de la ligne Maginot au Thoureil, rien ne passait plus, les lignes étaient surchargées et les demoiselles du téléphone, affolées. La fin approchait.

Le 15 mai, Paul Reynaud téléphona au Premier ministre britannique en lui disant tout net : « Nous sommes vaincus. » Winston Churchill n'en crut rien. Mais quelques jours plus tard, au téléphone avec le général Gamelin, il constata que la guerre était perdue sur le continent européen et que les armées anglaises, belges et françaises, stationnées à Dunkerque, avaient le dos au mur, encerclées par les troupes allemandes. Que faire ?

Le 18 mai, Paul Reynaud décida de remplacer Baudelaire par le général Weygand, glorieux second du maréchal Foch pendant la Grande Guerre. Hiérarchiquement, c'était logique, mais, comme Pétain, Weygand voulait une paix rapide. La campagne de France était perdue d'avance grâce à deux vieux soldats admirateurs de l'ordre, fût-il national-socialiste.

Le 20 mai, Winston Churchill décida d'évacuer par bateau les troupes britanniques, puis les françaises et les belges. L'opération Dynamo commença le 26 mai, puis, grâce à toutes sortes de bateaux de plaisance, de yachts et de bateaux de pêcheurs, parvint, jusqu'au 4 juin, à transporter sur le sol anglais un peu plus de trois cent mille hommes.

Le 23 mai, le Troisième Reich expulsa vers la France trente à quarante mille Juives autrichiennes et allemandes avec leurs enfants. Le gouvernement français les regroupa toutes dans le sud-ouest de la France, au camp de Gurs où se trouvaient déjà des Républicains espagnols vaincus et des membres des Brigades internationales.

Le 9 juin 1940, le président du Conseil en France, Paul Reynaud, donna l'ordre d'évacuer Paris aux fonctionnaires et aux officiers, avec mission de rejoindre Bordeaux.

Yves mit cinq jours à traverser le pays de haut en bas avec sa 5 CV Citroën. On l'affecta à Bergerac.

Il n'avait pas eu peur, enfin, presque pas. Parfois, il était bloqué par des groupes de fuyards parisiens, mais le gros des foules qui s'exilaient n'était pas du côté de la ligne Maginot. Les routes qu'il empruntait échappèrent aux bombardements en piqué des stukas boches, et surtout, il n'était pas seul.

Son copain pharmacien, André Morel, se tordait de rire en le voyant se raser au coupe-chou minutieusement tous les matins. Puis Yves se fatigua de manier le coupe-chou sous les narines et décida de se laisser pousser une moustache. Les premiers poils furent étonnamment roux.

La ligne Maginot n'avait servi à rien. Les armées de la France se mirent à reculer et pendant que le gouvernement s'installait à Bordeaux, elles reçurent comme instruction de tenir la Loire et d'en faire un rempart contre l'avancée allemande.

Répartie en secteurs, cette ligne de défense se situait en Anjou de Candes-Saint-Martin, à treize kilomètres de Saumur, jusqu'au petit village du Thoureil, où vivaient Raymonde, son bébé et ses beaux-parents.

Branle-bas de combat au Thoureil. Agitation le long des parapets. Motos militaires, side-cars, automobiles, claquements de portes. Logement des officiers supérieurs, trois ou quatre. Leurs voix fortes résonnaient au-dessus de la Loire, en échos.

L'armée française installa ses premières mitrailleuses à l'entrée du village, le long de la cale descendant vers le fleuve. Plusieurs nids de mitrailleuses avaient été installés près de l'église romane, ainsi qu'en hauteur dans les vignes, derrière une vieille tour en ruines. Des voitures blindées dernier modèle Berliet se mirent à sillonner les rives ainsi que des cavaliers, puisque l'École d'application des armes blindées et de cavalerie était installée dans la ville de Saumur. Ils réquisitionnèrent la cuisinière d'Yvonne et vinrent prendre leurs repas à la maison.

À l'heure de la popote, le bébé leur plaisait beaucoup, passait de bras en bras, c'était un peu leur divertissement affectueux. Les officiers perturbèrent de fond en comble la vie familiale, et chacun chacune se disait oui c'est la guerre, après tout.

Le 14 juin 1940, les troupes allemandes entrèrent dans Paris à 5 heures du matin et défilèrent au pas de l'oie sur les Champs-Élysées devant de rares fenêtres ouvertes, direction place de la Concorde. Puis vinrent les cortèges de panzers pendant que les quelques Parisiens qui n'avaient pas pris le chemin de l'exode découvraient la croix gammée flottant au sommet de la tour Eiffel.

Paris avait été déclarée « ville ouverte », sans défense, les autorités de la République ayant pris la fuite et laissé la capitale aux mains des autorités civiles. En entendant le bruit des bottes des Boches sur le bitume du seizième arrondissement, Thierry de Martel, chirurgien, patron de l'hôpital américain dont l'ambassadeur Bullitt lui avait confié la direction, se suicida avec une injection de strychnine. Bullitt reçut un mot posthume : « Je vous avais promis de ne pas quitter Paris. Ne vous ai pas dit si j'y resterai mort ou vivant. Adieu. » Il ne fut pas le seul à se donner la mort.

Ce même 14 juin 1940 à 18 heures, le colonel Rudolph fit irruption à l'hôtel Lutetia à la tête d'un commando de l'*Abwehr* avec ordre de réquisition du général von Briesen, commandant de la place de Paris. Il s'y installa avec cinquante collaborateurs le même soir. L'amiral Canaris, proche du Führer et patron des services de renseignements militaires, lui délégua son neveu, le major Alexander Waag, pour le seconder. L'hôtel Lutetia devenait le centre de renseignements et de contre-espionnage de l'armée allemande.

Quand elle apprit que les ponts sur la Loire allaient bientôt être détruits à l'explosif pour freiner les armées allemandes, Raymonde fit des provisions de pansements, d'alcool désinfectant, de compresses, de bouteilles de mercurochrome et ferma la pharmacie de Gennes.

On était le 17 juin. Ce jour-là, à la radio, le maréchal Pétain fit don de sa personne à la France et poursuivit : « C'est le cœur serré que je vous dis aujourd'hui qu'il faut cesser le combat. »

« Pa-pa ! répliqua le bébé en battant des mains.

– Chhht, tais-toi, fillette. »

« Je me suis adressé cette nuit à l'adversaire pour lui demander s'il est prêt à rechercher avec nous, après la lutte, entre soldats et dans l'honneur, les moyens de mettre un terme aux hostilités. »

Si vite ! On y arrivait déjà ? La France avait perdu la guerre ?

Louis jura des Bon Dieu pendant que sa femme Yvonne, très pâle, fermait à clef le placard aux eaux-de-vie. Raymonde serra sa fille plus fort, à l'étouffer. Le bébé pleurnicha. Ce n'était pas le moment.

Alerté par les officiers français, Louis avait prévu de se replier sur le haut de la colline, au-dessus des vignobles, à l'abri du bois de pins. Montèrent dans la voiture Raymonde qui conduisait, le bébé, son berceau et Yvonne pour une première installation au creux d'une sorte de grotte sablonneuse. Puis Raymonde redescendit chercher son beau-père, les provisions, de l'eau-de-vie, un fusil de chasse et un énorme paquet de couvertures. Sur le bord de la Loire, la vraie guerre commençait.

Ce même 17 juin, le sous-secrétaire d'État à la guerre, Charles de Gaulle, eut une conversation téléphonique avec le président du Conseil réfugié à Bordeaux en compagnie de ce qui restait de son gouvernement. Promu général de brigade à titre provisoire, Charles de Gaulle avait en main le texte d'un accord militaire appelé « *Anglo-French Unity* », validé par Winston Churchill.

Paul Reynaud fit la sourde oreille. Le maréchal Pétain avait déjà pris les choses en main. La fusion entre l'Angleterre et la France n'aurait pas lieu. De Gaulle repartit pour Londres en avion, survolant la Bretagne où sa mère se mourait.

À Chartres, le même 17 juin, tenu en respect par les troupes allemandes qui venaient de prendre la ville, le jeune préfet d'Eure-et-Loir reçut l'ordre de signer une accusation contre des tirailleurs sénégalais de l'armée française, suspects de viols et d'exactions. Les tirailleurs sénégalais venaient d'Afrique et le Troisième Reich ne manquait pas une occasion de massacrer des humains à peau noire.

Bousculé, le préfet, Jean Moulin, refusa. Il fut arrêté. Et tenta de se trancher la gorge avec un tesson de bouteille.

Le 18 juin à Saumur, tôt le matin, le colonel Michon, commandant le secteur qui allait de Candes au Thoureil, rassembla ses officiers et leur détailla le nombre des soldats qu'il avait sous la main : deux mille cinq cents hommes dont cinq cents élèves officiers, les plus jeunes. Il leur exposa tout de suite le nombre de soldats allemands qui allaient les prendre à revers. Quarante mille

Boches à qui la route de Vierzon avait été ouverte par accident.

À tous ces jeunes gens, le colonel Michon proposa de continuer le combat et de désobéir aux ordres de Pétain. Ce combat, on le savait sans espoir, trois cents pièces d'artillerie allemande contre une vingtaine, cent cinquante blindés allemands contre vingt-quatre chars français, et l'aviation allemande sans le moindre coucou français. Fichu d'avance. Avec trois fois rien en matière d'armement, il fallait tenir quarante kilomètres de front.

À 18 heures à Londres ce même 18 juin, le général de Gaulle lut à la BBC un appel qui répondait au discours du maréchal Pétain, traité, avec le général Weygand, « de chefs responsables du désastre », un appel qui refusait l'armistice. Cette lecture venue d'Angleterre n'eut sur le moment qu'une très faible audience.

À minuit pile le 19 juin, les blindés allemands attaquèrent Saumur et furent aussitôt mis hors de combat, preuve qu'on savait y faire côté soldats français. Quant aux élèves officiers de l'école de cavalerie, ils avaient pour mission de bloquer le pont qui traversait la Loire de Gennes aux Rosiers, un point stratégique car le pont suspendu était double, de part et d'autre d'une île de sable au milieu du fleuve.

Ils se battirent deux jours, jusqu'à épuisement de leurs munitions, et parce que des renforts d'artillerie allemande arrivaient.

Du haut du bois de pins, les raides rafales de mitrailleuse s'y entendaient à provoquer l'angoisse. Tirs successifs, arrêt, reprise de tirs, fini non pas encore, coups répétés, reprise, cacophonie et le bébé ne pleurait pas. Il lui avait été dit fermement, le doigt de Louis posé sur le bout du nez de la fillette, qu'elle devait être sage et, surtout, ne pas pleurer. Puis les obus tombèrent sur les vignes avec un sifflement démesuré, à boucher les oreilles. Ici. Pas loin. Tout près. Tapie contre sa mère, les lèvres collées à un biberon, la fillette se taisait, avec de temps en temps un de ces grands soupirs enfantins qui soulèvent le monde.

> Pas bouger. Ils m'ont dit, pas pleurer. Grosses lumières rouges énormes immenses brutales danger, pas pleurer. Les grandes personnes sont terrifiées, je ne dis rien rien du tout je m'accroche au bout de la tétine je la mâchonne je la divise je la détruis. C'est quoi ce moment bruyant dans la nuit ? Quoi ce renard qui froufroute sur les aiguilles de pin ? Et ça tombe. Bombe rouge éclats partout. Et ça siffle ! Ce n'est pas un oiseau, non. Non pas du tout quand ça tombe, ça s'enflamme et ça, je sais, le feu brûle. On va brûler ? Jamais je n'oublierai le petit pschttt du feu qui commence à flamber. C'est une étoile qui tombe et je l'ai pour la vie. Pas bouger.

À la jumelle, Louis regarda la guerre sur l'autre rive du fleuve. Au soleil levant, les panzers de l'armée allemande circulaient sur la route d'en face et les nids de mitrailleuses du Thoureil se mirent en action tac-tac-tac. Réponse allemande au canon. Les déflagrations augmentèrent en puissance, à peine interrompues par la clameur brisée de ceux qui tombaient, blessés ou tués.

Dans l'après-midi, minés par des sapeurs français, les ponts explosèrent et le fracas des hautes ferrailles s'écrasant dans l'eau du fleuve retentit en écho pendant de longues minutes. Tant de bruit pour de si petits nuages, molletonnés tout frais comme sortant d'un orage.

Le 20 juin, la petite armée du colonel Michon se rendit au général Feld. Deux cent cinquante Français étaient morts au combat, et deux cent dix-huit furent faits prisonniers. Peu de temps, car le général Feld leur rendit leur liberté dans les jours qui suivirent, compte tenu de leur bravoure. Ils repartirent vers la ligne de démarcation, flanqués d'une haie d'honneur de soldats de la Wehrmacht.

Dans le Warthegau, en Pologne occupée, les SS expérimentèrent entre mai et juin 1940 l'extermination par le gaz d'enfants handicapés, entassés dans des fourgons roulants.

À l'aube, sur les bords de la Loire, quand les dernières fumées des obus se dissipèrent, la famille et les voisins redescendirent du bois de pins. La bataille venait de s'achever. Personne n'avait dormi. Raymonde coucha l'enfant, termina la Thermos de café, prit sa trousse médicale et avertit qu'elle allait à Gennes, pour voir si elle pouvait aider. Yvonne et Louis étaient si fatigués qu'ils ne répondirent pas.

Mais après son départ, Louis dit à Yvonne de se préparer à héberger des Boches, parce que c'était inévitable. Yvonne fondit en larmes.

Sur la route de Gennes, comme chaque année à la fin du printemps, les coquelicots s'épanouissaient sur les talus pour se chiffonner au plus vite. L'air sentait le brûlé, les chats s'étaient cachés. Raymonde roulait en cherchant des yeux des corps, morts ou vifs. Mais rien pour l'instant. Puis elle entendit une rumeur de voix d'hommes, des portières qui claquaient et enfin la sirène d'une ambulance. C'était à l'entrée de Gennes sur la petite côte aux arbres engloutis sous les clématites. Tiens, elles sont déjà fanées, se dit Raymonde en freinant pile. Elle venait de voir un premier corps.

Raymonde n'avait jamais vu de cadavre. Elle avait choisi pharmacie parce qu'on n'y disséquait pas de cadavre, elle n'aurait pas supporté, croyait-elle. Le soldat était mort, elle le sut tout de suite, il avait la mâchoire ouverte et les yeux fixes. Le sang couvert de mouches s'étalait sur le haut de la poitrine et Raymonde, descendue de voiture, ne savait pas quoi faire. Et puis l'idée lui vint. D'un élan, elle se pencha vers lui et lui ferma les yeux, c'était encore possible. En se redressant, elle se demanda si le mort était français ou pas. Oui, c'était un Français, ouf.

Et puis après ? songea-t-elle à voix haute. Si c'était un Boche, tu aurais fait la même chose, ma fille, non ? Allez, respire fort et on y va.

Raymonde ferma les yeux d'une dizaine de soldats sans s'arrêter à la couleur de leur veste, vert-de-gris ou marron d'Inde. Leurs mâchoires tombantes s'ouvraient sur le même gouffre, elle officia le plus vite possible et finit par trouver un blessé qui geignait.

C'était un vert-de-gris, elle lui parla allemand, il avait une grande entaille au bras droit, ça saignait. Elle lui fit un garrot avec une bande de toile et entreprit de le relever. Il sentait le sang et l'urine, il était trop lourd, et puis il ne fallait pas le mettre debout sans savoir, alors elle l'installa sur l'herbe, lui nettoya le visage avec un peu de coton et partit rejoindre l'ambulance en haut de la côte, au tournant.

Un sous-lieutenant du service de santé en uniforme marron d'Inde la suivit en courant, suivi d'un infirmier militaire. Laissez-nous faire, mademoiselle, on a l'habitude.

« Mais je suis pharmacien, murmura Raymonde, qu'est-ce que je peux faire ?

– Tenez-lui la main, dit l'officier. On va sonder la plaie et lui recoudre ça. Vous auriez de l'éther avec vous, mademoiselle ? »

Raymonde fouilla sa trousse, trouva l'éther, sortit plusieurs compresses. L'officier de santé fit couler quelques gouttes sur une compresse et anesthésia le jeune soldat blessé.

« Nous avons beaucoup de morts ? demanda Raymonde.

– Environ deux cents, à vue de nez, dit l'infirmier. Mais eux aussi, ils ont morflé. Va falloir leur creuser des tombes. Ceux du génie ne vont pas tarder. »

Ils embarquèrent le blessé dans l'ambulance. Il ne se plaignait plus, c'était toujours ça de pris.

« Est-ce que vous voulez bien attendre les hommes du génie ? » demanda l'officier de santé.

Et Raymonde attendit, veillant les dix soldats sous le bourdonnement des mouches vertes dont c'était le travail de s'occuper des morts. Elle ne ressentait rien, sauf une fatigue immense et le désir profond de se blottir.

Les hommes en rouge et noir finirent par arriver. Ils forcèrent Raymonde à boire un coup d'eau-de-vie avant de repartir.

« Un verre d'alcool pour faire trois kilomètres, elle ne risque rien, dit leur chef. Il faut que vous repartiez, mademoiselle. Roulez lentement. »

Les pelles étaient déjà à l'œuvre sur les talus. On allait les enterrer là, sur la petite côte au tournant de l'entrée de Gennes. Raymonde rentra titubante, et se trouva brusquement en sanglots sur le premier fauteuil disponible.

« Alors ? cria Yvonne de loin.

– Alors il faut qu'elle se repose », intervint Louis.

Dès le lendemain, les vert-de-gris occupèrent la maison. Deux officiers lisses et polis. La troupe arriva à la nage sous un soleil brûlant et demanda rudement qu'on leur trouve des chemises de rechange, *schnell*, plus vite que ça. Cinq ou six gars mouillés l'air malcommode. Yvonne leur servit des pommes de terre bouillies avec une lichette de crème. La tension diminua.

Louis entreprit d'écrire à Yves une longue lettre rassurante avec un post-scriptum : « Il y a maintenant des tombes sur la route de Gennes. » Raymonde ajouta de tendres baisers – aurait-elle voulu parler des soldats morts qu'elle ne l'aurait pas pu.

Louis versa beaucoup de vin clairet dans les verres des officiers et des soldats allemands. Ils s'adoucirent. Finalement, ils étaient bien reçus et ils pouvaient dormir. Abrutis de fatigue, les vert-de-gris devinrent presque aimables au point que l'un d'eux attrapa le bébé dans sa poussette et le fit sauter dans ses bras joyeusement. Le cœur de Raymonde s'arrêta.

Aucun signe, aucune étoile, rien n'indiquait que ce petit corps dodu vêtu d'une robe à smocks était juif par sa mère. Mais tout le monde eut peur.

L'officier vert-de-gris reposa l'enfant dans ses bras et la berça longtemps. Le bébé clignait des yeux, ne disait mot, ne souriait pas. Puis l'officier la passa à un de ses camarades et la berceuse du bébé juif continua.

Au troisième vert-de-gris, l'enfant se mit à grincher et laissa couler sur ses joues des larmes bien rondes perlant au bout des cils. Raymonde fonça pour reprendre sa fille. Et pour la première fois depuis la défaite, elle s'exprima en allemand : « Elle est fatiguée, il faut qu'elle dorme, rendez-la moi !

– C'est qu'elle a de si jolies boucles blondes, répondit le premier officier. Une jolie petite Aryenne aux cheveux d'or comme ceux de ma fille en Allemagne… Vous parlez bien allemand.

– Je l'ai appris au lycée », répondit Raymonde d'un ton sec. Vite, elle emporta le bébé tout en pleurs et disparut dans l'escalier de la maison.

Louis remplissait déjà les verres des Allemands sous la tonnelle. « Un Vouvray, messieurs. »

Le 22 juin 1940, l'armistice fut signé entre le Reich et la République française dans le wagon où avait été signé l'armistice de la Grande Guerre, sorti des réserves et positionné au même endroit qu'en 1918, sur ordre du Führer. La clairière de Rethondes et les statues françaises commémorant l'événement furent détruites après la signature, sur ordre.

Les officiers vert-de-gris repartirent vers Paris. L'administration de la zone occupée exigeait un travail écrasant et ils allaient désormais s'y consacrer dans des bureaux, installés dans les hôtels de luxe, le Ritz, le Crillon, l'hôtel Meurice, le Majestic et l'hôtel Lutetia, siège du Centre de renseignements, en allemand *Abwehr*.

Un jour de la fin juin, le 23 ou le 28, ou le 25 ou le 26, le Führer entreprit une *Blitz* visite de Paris à 6 heures du matin, en touriste, en commençant par le Trocadéro. Paris ville ouverte avait eu le temps de se couvrir de drapeaux nazis et de pancartes de signalisation écrites en gothique allemand. Flanqué d'Albert Speer, architecte, et d'Arno Breker, sculpteur, il s'arrêta un peu devant le tombeau de Napoléon, son idole, et après avoir englouti le jardin du Luxembourg, le Panthéon, le pont Saint-Michel, Notre-Dame, la Sainte-Chapelle, l'Hôtel de Ville, la place du Châtelet, Pigalle et le Sacré-Cœur, il mit fin à sa tournée parisienne – abondamment photographiée – à 8 heures du matin. Il n'était jamais venu à Paris, il n'y revint jamais.

Le 10 juillet 1940, l'Assemblée nationale et le Sénat, convoqués au Grand Casino de Vichy, votèrent les pleins pouvoirs à Philippe Pétain. Sur six cent quarante-neuf parlementaires, quatre-vingts votèrent CONTRE. Ils venaient de tous les partis politiques. Le président de la République en poste, Albert Lebrun, fut démissionné d'office.

Le 18 juillet, Radio Paris, chaîne privée, fut réquisitionnée par le bureau de la Propagande allemande et commença à émettre des programmes exclusivement favorables à la victoire de l'Allemagne nazie.

Au début du mois d'août, la démobilisation commença. Les soldats de la défaite devaient enlever leurs écussons, porter un brassard blanc et disposer d'un tampon « démobilisé » apposé par le Français ou le Boche.

Les simples soldats portaient une veste de grosse toile bleue, un pantalon de bure et un béret. Tous devaient retourner chez eux par leurs propres moyens. On commença à parler des Boches en les appelant « les doryphores » à cause de leur passion pour les pommes de terre, dont ils raffolaient autant que l'insecte nuisible, couleur vert-de-gris à rayures noires.

Yves arriva en voiture sur le bord de la Loire par surprise avec son ami Morel et fut accueilli comme un prince de légende avec des exclamations et des embrassades à n'en plus finir. Yves retrouva sa femme dans le lit conjugal à côté du lit de leur enfant.

Les démobilisés dormirent énormément. Le temps était suspendu au-dessus de leur sommeil, ils ne recevaient plus d'ordres, ne se levaient plus à l'aube, l'occupation allemande commençait.

Le 13 août 1940, le Maréchal proclama la Révolution nationale. Le chef de l'État possédait des pouvoirs exceptionnels, allant jusqu'à la promulgation constitutionnelle de sa propre autorité. La République n'existait plus. L'antisémitisme devint une composante de l'État français. On vit apparaître sur des murs quelques premiers portraits de Pétain, appelés à se multiplier, le Maréchal sous les drapeaux surplombant un paysan français, pour rappeler l'un des principes fondateurs de la Révolution nationale : le retour à la terre, car « la Terre ne ment pas ».

La devise Liberté, Égalité, Fraternité fut remplacée par celle du Maréchal, Travail, Famille, Patrie, et la Légion d'honneur fut remplacée par l'ordre de la Francisque, sous forme de francisque double inspirée de celle des licteurs romains.

Le même 13 août, appelé par Hitler « Jour de l'Aigle », commença une violente campagne de bombardements allemands sur l'Angleterre, et particulièrement sur la ville de Londres.

Le 27 août 1940, une loi de l'État français annula un décret daté de l'année précédente et interdisant la propagande antisémite. Le drapeau français, *La Marseillaise* et les rassemblements patriotiques furent interdits par l'occupant, qui imposa à toute la zone Nord son heure, en avance d'une heure sur la zone libre.

Yves, sans emploi, accepta un poste scientifique dans un laboratoire pharmaceutique connu pour la distribution d'huile de foie de morue, et dirigé par Alys Anthony, une native d'Angleterre au caractère déterminé. Pour la période de restrictions alimentaires qui allait commencer à Paris, l'huile de foie de morue serait infiniment secourable pour la croissance des enfants, la protection de leur vision et le développement des jeunes os.

Le 6 septembre, une compagnie de gardes mobiles français arrêta le général Gamelin en zone libre, pour le conduire dans la forteresse de Chazeron, en Auvergne, où le rejoindraient Paul Reynaud et Léon Blum. Vandalisée pour être transformée en prison, la forteresse n'abrita que des prisonniers dits « d'État ».

Chargé de provisions en tous genres, Yves quitta les bords de la Loire en voiture avec l'ami Morel, pour inspecter la pharmacie qu'allait reprendre Raymonde quelques semaines plus tard. En économisant leurs provisions, Yves et André Morel s'alimentèrent convenablement pendant quinze jours.

Il fut décidé que la petite resterait avec ses grands-parents pour une durée indéterminée. Au Thoureil, la vie serait plus facile.

Yvonne installa dans la cour d'une dépendance un clapier et un poulailler. Elle trouva au village un couple d'amis paysans pour élever un premier cochon, qui serait prêt pour les Pâques de 1941.

Joseph Cholet était vigneron, descendant d'une famille de vignerons établie au Thoureil depuis des siècles. Rose, son épouse, était une petite citadine élevée à Saumur dans un couvent. Elle y avait appris le chant, le repassage, la prière et la broderie. Joseph était massif, Rose non, elle était fine. Elle ne savait rien du travail de la ferme, elle n'aimait que les fleurs, mais elle s'était vouée à son mari avec détermination. Ils s'aimaient. Rose se mit à la traite des vaches, à la cuisine du gibier dans l'âtre, à nettoyer l'écurie de la jument, et lorsque Joseph était revenu après la démobilisation, elle s'était jetée dans ses bras avec une fougue adolescente et c'était cela. Rose serait à jamais une frêle adolescente mariée à un solide époux. Joseph était l'arbre, Rose le lierre qui l'entourait. Élever un cochon ? C'était une bonne idée. Qui savait comment ? Joseph, évidemment.

La bauge n'était pas grande, mais surmontée d'un immense rosier grimpant à fleurs blanches, elle avait de l'allure. Avec Rose et Joseph, Yvonne dégagea sur la pelouse, pas très loin du verger, de quoi installer un potager. Pour le beurre, le sucre, le café et le lait, on se débrouillerait en troquant. C'était interdit, mais bon.

Au coucher du soleil, quelle que soit la saison et s'il ne gelait pas, on sortait admirer les reflets dans le ciel du jour, souvent rose fuchsia, parfois rouge orangé, sillonné d'éclairs au tournant d'un nuage noir en plein été, jamais deux fois la même couleur, jamais deux fois la même Loire. C'était un merveilleux spectacle dont on ne se lassait pas. On s'y installait, accoudé au parapet, lorsque les arbres de la rive d'en face commençaient à s'illuminer d'or et l'on y restait jusqu'à extinction des feux. Ensuite on se retournait dos au fleuve pour suivre au-dessus des coteaux les voies célestes tracées dans l'ombre par les reflets du jour. Souvent, on se disait que c'était à croire en Dieu, cette lumière dispensée à l'heure du crépuscule.

Au printemps, sous les iris sauvages, les grenouilles chantaient éperdument le retour des hirondelles. En plein hiver, on cherchait au milieu des eaux le couple de grèbes huppés qui, invariablement, plongeaient ensemble leur cou gracieux et ressortaient ablette au bec. Levée à l'aube avec les premiers chants des chardonnerets, Yvonne ne s'ennuyait jamais. Pierre, son fils cadet, savait pêcher le brochet, la tanche ou la friture, et venait de se mettre à la chasse au canard, pratiquée depuis une cahute de feuillages trompe-l'œil installée sur une barque noire. Ce n'était pas le malheur. Ce n'était pas non plus le bonheur. On pouvait être heureux le soir au parapet, mais cela ne durait pas. On se rappelait soudain qu'on était occupé. Et on soupirait malgré soi.

Raymonde rentra à Paris fin août 1940, elle aussi, avec sa petite voiture qui n'allait pas vite. La journée n'y suffisait pas et elle arriva tard, une heure avant le début du couvre-feu de 20 heures.

La pharmacie allait fermer.

Un homme attendait Raymonde sur le trottoir. Un officier en vert-de-gris. Il paraissait immense. En face d'un occupant, surtout un officier boche à casquette impeccable, Raymonde avait pris le parti de ne jamais croiser son regard. Éviter l'aigle aux ailes ouvertes sur couvre-chef, éviter la visière cirée noire. Baisser la tête, glisser. Il l'appela.

« *Frau* Raymonde ! »

Elle lui fit face et c'était le docteur Schütz. Raymonde bascula dans le vide, le ciel se mit à tourner, Samuel, un nazi, nazi, nazi…

Il prit son bras Vous allez tomber N'ayez pas peur Je vais parler en allemand ne dites rien, ne me répondez pas Je ne suis pas un nazi je suis de la Wehrmacht, je suis là pour aider n'ayez pas peur.

Il parlait sans articuler, à mi-voix, sans la lâcher.

Voilà, vous allez mieux. Soyez bien prudente en fermant l'officine : rideau de fer partout, aucune lumière ne doit rester visible, n'oubliez pas la défense passive. Je reviendrai ce soir après la fermeture. Chez vous. Au premier étage gauche, vous n'avez pas changé ?

Elle fit non de la tête. À votre mari et à vous, j'expliquerai comment vous cacher. À ce soir, il la salua, talons droits. Sans trop claquer.

À 20 heures précises, il appuya sur la vieille sonnette brinquebalante. Yves lui ouvrit. Le docteur Schütz était venu en civil. Ils s'assirent tous les trois.

Yves proposa une eau-de-vie de prune maison, distillée par sa mère dans un grand alambic voyageant de village en village. Schütz accepta. Et pendant qu'Yves cherchait la bouteille, il saisit la main de Raymonde et la serra à lui broyer les doigts. Je vais parler français, ne vous inquiétez pas. Je n'ai pas beaucoup de temps. Ah ! Monsieur revient.

Ils restèrent silencieux, puis Schütz se décida.

« Comme vous le voyez, j'appartiens à la fameuse cinquième colonne remplie d'espions, cette organisation secrète à laquelle personne n'a cru. Je suis chef médecin militaire dans nos services de renseignement, c'est pourquoi j'ai installé mon cabinet médical rue du Cherche-Midi, oui, j'ai été envoyé à l'avance pour préparer l'hôtel Lutetia à accueillir l'ensemble du personnel du contre-espionnage en France, qui travaille sous les ordres de l'amiral Canaris à Berlin. Ce petit amiral, comme nous l'appelons, n'est pas membre du parti national-socialiste, voilà. »

Il toussota.

« Voilà quoi ? dit Raymonde. Ce n'est pas un SS ?

– Ah, surtout pas ! s'écria-t-il. Tous autant que nous sommes dans le renseignement militaire, nous sommes antinazis, madame. Et l'amiral Canaris également. Je sais dire "*HeilHitler*" d'un seul souffle, j'ai appris, mais autrement, je ne dis jamais son nom. Depuis que ce salaud est en place, notre amiral essaye de sauver des Juifs. Et des Juives comme vous, *Frau* Raymonde, et nous aurons peut-être un jour devoir sauver vos parents…

– Comment savez-vous ? dit Raymonde, interloquée.

– Chérie, c'est son métier, glissa Yves. Ma femme est-elle en danger ? »

Le docteur Schütz acquiesça.

« Oui. Tous les Juifs. Il veut les chasser d'Europe. Pour l'instant, c'est seulement expulser. Nous pensons qu'il y aura pire. Ce sont des voyous, depuis ce cinglé primitif sans diplôme jusqu'aux brutes des campagnes tout juste bonnes à se battre à coups de couteau dans une brasserie. Peut-être grâce à la guerre, nous arriverons à les faire disparaître. Peut-être. Vous n'imaginez pas…

– Mais les nations l'ont reconnu, dit Yves. Adolf Hitler est le chef élu de l'Allemagne, on n'y peut rien. »

Le faux Samuel reprit de la prune et l'avala cul sec.

« Je ne veux pas m'étendre davantage, vous n'avez pas besoin d'être informés…

– Au fond oui, murmura Raymonde. Moins on en sait moins on parle. »

Pour la première fois, Samuel esquissa un sourire. Puis il poussa un soupir exaspéré comme s'il devait exécuter un ordre.

« *Liebe* Raymonde, écoutez-moi bien. Je n'aurai sans doute pas l'occasion de vous parler encore. Dans quelque temps, il faudra faire partir vos parents au sud de la ligne de démarcation. Sud-Ouest sera très bien. Vous avez un peu de temps. Pour vous, *Frau* Raymonde, il vaut mieux rester à Paris. En cas de danger, je vous aiderai. Je vais confier à la pharmacie centrale du Cherche-Midi tous les achats en médicaments de l'*Abwehr*…

– L'*Abwehr* ! s'écria Yves. Il n'y aurait pas de SS dans l'*Abwehr* ?

– Ils essayent, dit le faux Samuel. Ils n'ont pas réussi. Monsieur, soyez gentil, laissez-moi expliquer. Votre épouse aura donc le monopole du marché de nos médicaments. Écoutez-moi bien. Quand je viendrai moi-même à la pharmacie, coiffé de ma casquette militaire, cela voudra dire que vous ne devez pas dormir chez vous. Si je viens en civil, ou avec un calot, vous n'avez rien à craindre. Mais avec ma casquette à visière, vous m'avez bien compris, vous ne devez pas dormir rue du Cherche-Midi. Trouvez une chambre à louer, tenez, j'en connais une à La Motte-Picquet, voici le téléphone du propriétaire, c'est un homme bien. Reste votre fille. Elle sera mieux en Anjou avec ses grands-parents catholiques.

– Elle y est déjà ! reprit Yves.

– Tant mieux. Ah ! une chose importante. Avez-vous déjà rempli une fiche administrative ?

– Non. Pourquoi, je vais devoir faire ça ?

– Si jamais cela devenait obligatoire, pour votre femme, laissez tomber son diplôme de pharmacien. Indiquez bien "sans profession" et "d'origine juive".

– Sans profession ? s'émut Raymonde. Pourquoi ?

– Pour échapper à l'aryanisation, dit Schütz. Vous êtes bien propriétaire de la pharmacie ? Votre Maréchal de merde va mettre en place la confiscation des biens juifs comme cela s'est fait chez nous.

– Mais pourquoi préciser "origine juive" ? demanda Yves, indigné.

– Origine juive parce que nous le savons déjà. Vous êtes fichés dans nos services, comme tous les pharmaciens. Si les voyous nazis s'aperçoivent que vous mentez sur leurs fiches, alors là, cela devient compliqué. L'enfant a-t-elle été baptisée dans la religion catholique ? Oui ? C'est bien. Je crois avoir tout dit. »

Il se leva. Pâle, figée, Raymonde semblait engloutie par la terreur.

– *Aufwieder sehen, Frau* Raymonde. »

Elle leva vers lui un regard grave.

« Comment vous remercier ? dit Yves.

– En restant vivant. C'est la guerre, monsieur. Au revoir. »

Il était déjà reparti quand Raymonde émergea de sa terreur profonde et se mit à pleurer.

« Qu'est-ce qui va arriver, Yves, mon chéri ? »

Il la serra longtemps et l'emmena dans leur chambre à coucher.

« Je vais devoir trouver un asile pour mes parents », murmurait encore Raymonde sans pouvoir s'endormir.

Le dispositif se mit en place.

Quand Raymonde descendit ouvrir la pharmacie, une camionnette de la Wehrmacht s'arrêta au carrefour. Les bras pleins de cartons, une estafette en uniforme venait prendre livraison d'une grosse quantité de médicaments destinés au personnel de l'*Abwehr*. Les trouver, les sortir, les tendre à l'estafette, monter descendre l'escabeau, vérifier la liste interminable des prescriptions du docteur Schütz… L'ensemble de l'opération prit environ une heure. Les premiers clients furent obligés d'attendre, mais personne ne broncha. Pas un mot, pas un regard. La pharmacie centrale du Cherche-Midi était devenue l'officine publique du contre-espionnage de l'armée allemande.

Dans la journée, les trois religieuses qui venaient tous les jours lui posèrent des questions à voix basse. Ce n'était pas trop difficile ? Est-ce qu'elle avait peur ? Comment se comportaient les officiers ? Est-ce qu'elle avait été interrogée ? Raymonde prit le parti de lever son beau regard et de baisser la tête ensuite sans répondre.

« C'est bien, madame, vous êtes courageuse, on est avec vous. Si vous avez besoin, vous n'avez qu'à tirer la cloche du couvent », chuchota sœur Rosalie, la plus vieille et la plus dégourdie.

La porte du couvent se situait à moins de cent mètres de la pharmacie. Comme si elle se réveillait d'un long sommeil, Raymonde sursauta et remercia. Le couvent était une solution.

Le 3 septembre 1940, le ministre de l'Intérieur du gouvernement de Vichy promulgua une loi autorisant les internements sans jugement. Raymonde attendit anxieusement la visite de Samuel Schütz, mais le médecin-chef de l'*Abwehr* ne vint pas.

Le lendemain, quand vint le tour des religieuses, elle se lança à l'eau et leur fit comprendre à demi-mot pourquoi elle était menacée. Profondément émues, les sœurs ne firent aucun commentaire et l'une d'elles s'approcha pour embrasser Raymonde.

Dans les jours qui suivirent, Édouard Daladier, Paul Reynaud furent arrêtés par des militaires français et internés, accusés d'être coupables de la défaite de l'armée française.

Mi-septembre 1940, Vichy publia les décrets qui allaient instituer les tickets de rationnement pour la viande, le pain, les matières grasses et le fromage. Les 1 230 calories par jour et par personne dans les villes. Des cartes de rationnement, inventées par le régime de Pétain, classaient les calories au regard de l'âge, de l'activité, des besoins supposés, tous réduits d'un bon tiers.

Yves prit aussitôt la décision de se rendre en Anjou tous les mois avec une voiture et des copains pour faire les provisions. C'était une longue expédition, et il fallait une bonne voiture pour les sept à huit heures de trajet. Yves et ses amis s'accordèrent une journée de repos avant de repartir lestés de ce qui leur manquait. Sur l'étroit pare-brise de la voiture, Yves prit soin de coller un caducée.

Sa fille allait bientôt sur ses deux ans et ne pleurait jamais la nuit. On aurait dit qu'elle avait gardé en elle le silence forcé des bombardements sur la Loire. Elle ne jouait pas à la poupée, préférant échafauder avec du sable mouillé des tours et des clochers entassés les uns sur les autres jusqu'à l'effondrement.

Le 23 septembre 1940, *Le Matin de Paris*, qui ne parlait jamais au grand jamais de la Résistance à Londres, annonça triomphalement que l'ex-général de Gaulle s'était présenté devant la ville de Dakar, au Soudan français, avec une petite flotte de bâtiments de guerre britanniques. Mais un brouillard intempestif s'était abattu sur la baie de Dakar et l'expédition du général de Gaulle manqua son but. *Le Matin de Paris* en déduisit étrangement que l'ex-général avait « livré Dakar aux Anglais ».

Le 27 septembre, en France occupée, une ordonnance allemande mit en place le début du recensement de toutes les entreprises juives. En zone occupée, « Juif » devait être visible sur un écriteau en devanture des commerces visés.

Le 28, le médecin-chef de l'*Abwehr* se présenta à la pharmacie centrale en milieu d'après-midi. Il n'avait pas mis sa casquette à visière, mais un simple calot.

Raymonde le regarda droit dans les yeux. Il s'approcha.

Frau Raymonde, lui dit-il en allemand, je passe en courant, juste pour dire bonjour, je n'ai pas le temps. Êtes-vous au courant du recensement ? Ah, je vois que non. Nous allons recenser toutes les entreprises juives, comme je vous l'avais dit. Pas de danger ce soir. Au revoir !

Le docteur Schütz sortit si vite qu'il bouscula une dame. Il s'excusa en français, la main sur le cœur. Un peu trop.

« Pardon, madame Raymonde, dit la dame, mais cet Allemand, là, vous ne trouvez pas qu'il ressemble beaucoup à cet ancien docteur, comment s'appelait-il déjà ? Vous savez bien...

– Je n'ai pas remarqué, répondit Raymonde, les yeux rivés sur la silhouette en uniforme qui traversait la rue. Je vais chercher vos médicaments, ils sont prêts.

– Pourtant, c'est bien la même voix », dit la cliente entre ses dents.

Le 3 octobre 1940, le gouvernement de Vichy promulgua la première loi interdisant aux Juifs et aux francs-maçons des deux zones d'être fonctionnaires, journalistes, magistrats et militaires.

La loi de Vichy contenait les mots « race juive ». À compter de ce jour, fraîchement nommés, Vladimir Jankélévitch et Claude Lévi-Strauss perdirent leurs moyens d'existence comme professeurs de lycée, eux parmi des milliers d'autres. Quelques jours plus tard, sœur Rosalie prit Raymonde à part et lui confia une clef ouvrant la petite porte du couvent, à deux pas de la grande entrée dont la sonnette actionnait une grosse cloche.

Le 13 octobre 1940, en grande tenue, le docteur Schütz fit sa deuxième apparition à la pharmacie du Cherche-Midi. Il entra en claquant des bottes pour saluer Raymonde, et s'avança. Les clients s'éclipsèrent au plus vite. L'Allemand avait un air officiel à faire peur.

Tétanisée, la jeune femme se tenait debout derrière le comptoir. Le médecin-chef de l'*Abwehr* murmura en allemand Vous n'avez pas oublié les consignes ? Par ailleurs… Allez-vous bien ? Vous êtes toute blanche. Par ailleurs n'allez pas vous faire mettre un tampon rouge sur la carte d'identité qui va devenir obligatoire. Vos parents non plus. Pas de commissariat s'il vous plaît. Au revoir chère madame.

La main à la visière de sa casquette, claquement de bottes, il était parti.

Raymonde apprit ainsi que les Juifs devaient se présenter dans leur commissariat pour recevoir une nouvelle carte d'identité avec un tampon rouge. Après la fermeture de la pharmacie, elle laissa un mot pour Yves dans une enveloppe posée sur le tiroir-caisse, puis elle se mit en marche dans la nuit noire en s'éclairant d'une vieille lampe de poche américaine, dissimulée sous son manteau pour ne pas produire trop de lumière.

La porte étroite s'ouvrit très bien et Raymonde se trouva dans le jardin du couvent, accueillie par sœur Rosalie qui avait préparé un bol de bouillon prenez ça ma petite fille il faut vous réchauffer j'ai aussi un peu de pain, en voulez-vous ?

Assommée de froid et de peur, Raymonde ne dormit guère. À son retour, Yves l'enveloppa dans une grande couverture et lui demanda de ne pas travailler jusqu'au soir.

Le 18 octobre 1940, une ordonnance allemande dite d'aryanisation plaça sous séquestre les biens des Juifs absents ou arrêtés. Samuel Schütz n'avait rien exagéré. La boutique de fourrures de Georges Gornick fut cédée à un Aryen français pas trop malhonnête, avec l'assurance qu'à la fin de la guerre, son bien lui serait rendu. Gabrielle Chanel fit de même avec la riche famille juive qui la finançait, mais elle n'avait nullement l'intention de lui restituer quoi que ce soit.

Au cours de ce même mois d'octobre, dix mille détenus soviétiques furent envoyés au camp d'Auschwitz où, pour la première fois, l'administration nazie les tatoua avec un numéro, d'abord sur la poitrine, ensuite sur le bras. Un numéro était plus facile à identifier tatoué sur un cadavre que gravé sur une plaque suspendue au cou.

Le 30 octobre 1940, le professeur Paul Langevin, physicien de renommée internationale très impliqué dans l'antifascisme européen, fut arrêté par la Gestapo et écroué à la prison de la Santé, à Paris. Cette arrestation indigna les milieux universitaires, surtout les étudiants.

Ce même 30 octobre, après avoir solennellement et publiquement serré la main du Führer à Montoire, dans le Loir-et-Cher, nœud ferroviaire commode pour accueillir le train blindé du Führer, le maréchal Pétain annonça sur Radio Paris qu'il entrait ce jour-là dans la voie de la collaboration.

Une grande affiche avec photographie du vieillard s'installa sur les murs à Paris : « Je vous ai tenu jusqu'ici le langage d'un Père. Je vous tiens aujourd'hui le langage du Chef. Suivez-moi. Gardez confiance dans la France éternelle. »

Le 1er novembre, Jean Luchaire fonda avec Marcel Espiau le journal du soir de la collaboration, *Les Nouveaux Temps*. Marcel, qui habitait rue Saint-Placide, venait très souvent à la pharmacie et était devenu, avec le temps, un vrai copain. Collabo ? Vraiment, ça paraissait bizarre.

Yves chercha la longueur d'onde de la radio de Londres et la trouva. Le général de Gaulle venait de fonder le Conseil de défense de l'Empire, gouvernement provisoire de la Résistance. Depuis le 1er novembre, des bouquets anonymes s'accumulaient sur la tombe du Soldat inconnu. On disait partout que « quelque chose se préparait ».

En Pologne occupée, le 7 novembre 1940, une zone de Varsovie fut déclarée « zone d'épidémie ». Interdite aux Allemands, elle recouvrit les rues juives de la ville et devint le ghetto.

Le 8 novembre 1940, à Paris, Yves revint de la faculté de médecine avec un tract qui semblait manuscrit et circulait depuis quelques jours, invitant les Parisiens à se rassembler à 17 h 30 à l'Arc de triomphe.

Étudiant de France,
Le 11 Novembre est resté pour toi jour de
Fête Nationale
Malgré l'ordre des autorités opprimantes, il sera
Jour de Recueillement.
Tu n'assisteras à aucun cours
Tu iras honorer le Soldat Inconnu 17 h 30
Le 11 Novembre 1918 fut le jour d'une grande victoire
Le 11 Novembre 1940 sera le signal d'une plus grande
encore
Tous les étudiants sont solidaires pour que

Vive la France.
Recopie ces lignes et diffuse-les.

Yves décida de s'y rendre.

Le lendemain, l'estafette qui venait chercher son lot de médicaments hebdomadaires remit une enveloppe à Raymonde. Elle contenait le tract du 11 novembre et le médecin de l'*Abwehr* avait écrit en rouge « N'y allez pas ». Yves renonça.

Les panneaux indicateurs écrits en gothique allemand avaient presque fini de s'installer dans Paris, et les drapeaux nazis rouge blanc et noir flottaient sur les grands hôtels réquisitionnés. Il n'y avait plus d'éclairage public à cause des bombardements. La défaite tant désirée par Pétain s'affichait avec orgueil en croix gammées, partout.

À 17 h 30, le jour du 11 Novembre, des milliers de jeunes gens se rassemblèrent à l'Arc de triomphe pour chanter *La Marseillaise* et parfois crier Vive de Gaulle ! Un groupe de Français pronazis les attaqua, la police arrêta deux cents manifestants, direction la prison du Cherche-Midi presqu'en face de l'hôtel Lutetia. Raymonde ferma la pharmacie une heure plus tôt et passa la soirée à pleurer.

Il fut décidé au matin qu'Yves et Raymonde rejoindraient leur fille pour Noël et que la pharmacie serait fermée.

Le 16 novembre 1940, en Pologne occupée, un mur d'enceinte haut de cinq mètres ferma le ghetto de Varsovie.

La réglementation alimentaire octroya à chaque occupant une ration de 300 calories par jour. Plusieurs centaines de milliers de Juifs y vécurent et y moururent à compter de cette date.

Le 13 décembre, à Vienne, sans aucun photographe, l'armée d'occupation allemande en Autriche sortit le cercueil du roi de Rome de la prestigieuse nécropole des Habsbourg où il reposait en famille. Feu le roi de Rome partit vers Paris dans un wagon aménagé en chapelle. Le Führer avait vu les choses en grand pour le fils de l'Empereur Napoléon.

Dans la nuit du 14 au 15 décembre, sous l'œil des photographes, le cercueil en airain verdi fut placé sur un affût de canon, flanqué d'une garde d'honneur et installé aux Invalides sous un gigantesque drapeau de satin tricolore qui lui fit comme une longue traîne de robe étalée sur les marches du tombeau de Napoléon. Le Führer avait fait ce cadeau à la France occupée, mais comme il faisait un froid de gueux et que déjà le charbon commençait à manquer, il n'y eut pas grand monde pour aller voir.

Ce même jour, le 15 décembre, Joseph Goebbels nota dans ses carnets : « En ce qui concerne la question juive, le Führer est décidé à donner un coup de balai. Il a prophétisé que si les Juifs provoquaient une fois de plus une guerre mondiale, ils verraient leur propre extermination. Ce n'était pas une formule creuse. La guerre mondiale est là, l'extermination des Juifs doit en être la conséquence nécessaire. C'est une question qu'il convient d'aborder sans faire de sentiment. »

Cet hiver-là, si froid, si rude, il n'y eut aucune distribution de charbon à Paris. À la pharmacie, le gel dessinait des efflorescences sur le verre des vitrines et ne dégelait qu'à midi. Pour se réchauffer, Raymonde adopta la méthode des pharmaciens de la zone occupée : faire flamber de l'alcool dénaturé dans le fond d'un couvercle de métal.

À cause des coupures d'électricité, Yves installa des lampes de mineur sur le comptoir et dans le petit labo à l'arrière. La question des flacons de verre devint assez vite difficile, car pour les préparations liquides, chaque client devait apporter une bouteille de verre de la même marque, qui revenait ou propre, ou pas rincée. Pour les dentifrices, le client devait rapporter son tube vide. Raymonde avait délégué au Préparateur le soin d'aller chercher, avec des carnets de tickets, la saccharose, l'alcool, la vaseline, l'iode, la codéine, la glycérine et pour les nourrissons, les tickets de lait et de farine. La clientèle guettait le Nestrovit, du chocolat blanc riche en vitamine A. Aux bouteilles vides en tickets, on ajouta le troc, clandestin, mais banal avec les trois nonnes du couvent de la rue de l'Abbé-Grégoire.

Dans l'appartement de la rue du Cherche-Midi, la salamandre qui fermait avec une porte à carreaux de mica ne chauffait plus que deux pièces sur quatre. L'échappée de Noël en Anjou permettrait de renouer avec les grands feux de bois en cheminée. Au moins, on aurait chaud.

Les alertes hurlaient deux à trois fois par semaine. Dans la pharmacie du Cherche-Midi, elles perçaient les oreilles tant elles étaient voisines, à même pas deux cents mètres, au croisement de la rue du Regard. Fallait-il descendre chaque fois dans la cave, aménagée en abri ? Si l'on n'entendait pas le bruit des bombardiers, ce n'était pas la peine. Raymonde et Yves finirent par s'habituer à la sirène de la rue du Regard.

À cause des pluies, la Loire montait montait et baignait la moitié de la cale où jadis, à l'époque de la navigation fluviale, s'arrimaient des gabares commerciales transportant à l'aller du sel, au retour du vin doux. Exceptionnellement unis pour l'occasion, Yves et son frère Pierre s'équipèrent pour la pêche au lancer et revinrent avec trois brochets.

Pierre redoutait Yves, qui, dans un mouvement de colère alcoolisée, avait brisé ses précieuses maquettes d'avions français, mais comme c'était Noël, il fit front. Dans le jardin du Thoureil, l'enfant nouvelle-née marchait avec assurance et n'avait peur de rien. Elle tira l'oreille du chien terrier qui, d'un coup de mâchoire, jappa et la mordit à l'œil.

> C'était quoi ? Quoi ce feu ? Quoi cet être qui crie sur moi ? Ça fait peur ! Ce quatre-pattes comme moi ! Je crois que j'ai hurlé. Eux autres, ils ont des mots, des mots toute la journée, beaucoup, j'ai eu si mal, du rouge est venu sur mes mains, papa m'a emportée, il m'a mis du piquant, il m'a flanqué sur l'œil quelque chose de tout doux et j'ai eu très sommeil.

Après les fêtes, Yves et Raymonde repartirent pour la longue équipée vers Paris en contrebandiers, avec, enveloppés dans une grosse couverture, un demi-jambon, des œufs, du beurre. Et de l'eau-de-vie de prune en quantité.

En janvier 1941, à Paris, se distribua une feuille recto-verso imprimée clandestinement et portant le nom de Valmy. On y lisait des mots de résistance, « Vive la République quand même », « Un seul ennemi, l'envahisseur ». Cela semait le trouble.

Et donc, le 17 du même mois, tous les fonctionnaires français de la zone occupée durent prêter serment à la Révolution nationale et à l'État français. Il était entendu qu'ainsi on enterrait l'idée de République française, cette gueuse : le Maréchal y tenait beaucoup.

À la même époque, en janvier 1941, Heinrich Himmler, commissaire du Reich pour le renforcement de la race allemande, travailla avec le docteur Bouhler à la préparation de l'Aktion 14f13. Il s'agissait d'étendre, avec la même technique, l'euthanasie des handicapés aux prisonniers trop vieux ou incapables de travailler. Les mêmes véhicules transportant les promis à la mort les gazeraient en roulant, à raison de soixante-dix par fournée.

Le 1er mars, la guerre mondiale toucha la rive nord de l'Afrique. Le général Leclerc, né de Hauteclocque, commandant les Forces françaises libres ralliées au général de Gaulle, prit le fort italien de Koufra, en Libye, où il prononça un serment solennel : jamais il ne reculerait devant l'ennemi, jusqu'au moment où le drapeau français flotterait sur la cathédrale de Strasbourg.

L'armée anglaise attaqua les colonies italiennes en Afrique, conquises en 1911, l'Éthiopie, la Somalie, l'Érythrée. On allait longtemps se battre en Libye.

Une fois l'Éthiopie libérée de son colonisateur italien, le négus d'Abyssinie, Haïlé Sélassié, retrouva son trône et le siège de Tobrouk commença. Yves avait appris ces bonnes nouvelles de sa patronne anglaise, Alys Anthony, qui s'était engagée secrètement avec un courage inouï. À peu près tous les mois, Londres était cruellement bombardée, elle craignait pour les siens, mais ils tenaient bon. Elle proposa à Raymonde de l'héberger en cas d'urgence. Une adresse supplémentaire.

À Berlin, le 3 mars, le Führer transmit ses ordres à Jodl, chef d'état-major de l'armée allemande. « La campagne à venir est plus qu'une simple lutte armée ; elle conduit à l'affrontement de deux visions du monde. Pour mettre fin à cette guerre, il ne suffira pas, vu l'espace à dominer, d'écraser l'armée ennemie... La classe intellectuelle judéo-bolchevique, qui opprime le peuple jusqu'à aujourd'hui, doit être éliminée. »

Les *Einsatzgruppen* devinrent « groupes spéciaux d'extermination ».

À la fin de l'hiver, le 23 mars, le docteur Schütz réapparut brièvement à la pharmacie centrale du Cherche-Midi.

Un commissariat général aux Affaires juives venait d'être inventé par le gouvernement de Vichy.

Prenez garde aux Français, murmura le médecin de l'*Abwehr*. Ils peuvent être pires que les nazis.

Au grand soulagement de Raymonde, il portait un calot. Pas d'arrestation à craindre. Mais les comptes bancaires des Juifs de la zone occupée furent brusquement bloqués. Georges Gornick avait prévu cette éventualité. L'argent n'était plus en banque, mais planqué rue de Paradis.

Au printemps, le Führer envoya un corps d'armée entier pour soutenir les forces italiennes en Libye. La guerre débordait comme la Loire en crue, avec de sales écumes jaunâtres et de la boue.

Le 4 avril 1941 fut un jour de visite du docteur Schütz. Dès son entrée, les clients décampèrent comme d'habitude. En apercevant la casquette à visière, Raymonde sut qu'elle ne dormirait pas avec Yves ce soir-là. Une ordonnance allemande interdisait aux Juifs toutes les professions commerciales.

Une pharmacie centrale n'est pas un commerce, commença l'Allemand. Mais je préfère que vous suiviez mes consignes, ma chère amie.

Raymonde retourna au couvent de la rue de l'Abbé-Grégoire. Elle eut droit au bouillon, se coucha angoissée et fut réveillée par le chant des oiseaux. Une minute de bonheur.

Le 14 mai, une première rafle arrêta et déporta plusieurs milliers de Juifs étrangers réfugiés en France. Yves songea que c'était justement ainsi que s'était présenté le faux médecin juif Samuel Schütz. Mais l'ami de l'*Abwehr* ne se déplaça pas.

Au Thoureil, Yvonne acheta une deuxième lessiveuse qui n'allait pas servir à faire bouillir les draps, mais à stériliser les bocaux en conserve, technique pour laquelle son chimiste de mari lui serait d'un grand secours le moment venu. Dans deux mois viendrait le temps des haricots verts.

Début mai 1941, la presse collaborationniste fit grand cas de l'importante visite de l'amiral Darlan au Führer dans sa forteresse montagneuse, le Nid d'aigle. Vice-président du Conseil des ministres, partisan d'une politique qu'il appelait Ordre nouveau, l'amiral Darlan avait activement contribué à la naissance du commissariat aux Affaires juives.

Le 2 juin, avec une seconde loi sur le statut des Juifs, Vichy leur interdisait l'accès aux professions libérales et aux études supérieures. Et fit commencer un recensement des Juifs en zone libre.

Yves et Raymonde prirent rendez-vous chez les Gornick pour un dîner rue de Paradis. Rien par téléphone. Il était temps qu'ils partent dans de bonnes conditions. Georges était prêt, mais la santé médiocre de sa femme ne l'aidait pas à prendre cette décision. Elle était sujette à des phlébites et redoutait les longs voyages immobilisant ses jambes.

Yves et Raymonde délimitèrent les données de l'évasion. Georges Gornick conduisait, possédait une voiture et donc pouvait rouler, par exemple jusqu'à Bourges ou Vierzon. Sa Hotchkiss pouvait contenir quatre personnes, donc aussi les deux sœurs de Sipa, Bella et Tania, les trois inséparables. Ce n'était pas plus mal car, en cas de malaise, l'indomptable énergie de Tania ferait l'affaire.

« Cela fait quatre *Ausweiss* », dit Raymonde.

Georges s'étira puis posa les mains sur ses genoux comme Churchill sur ses photos.

« Ça doit pouvoir s'acheter, les *Ausweiss*, dit-il nonchalamment. J'en fais mon affaire. On a de quoi. »

Yves s'inquiéta des projets de son beau-père, mais comment allez-vous procéder, beau-papa ? Nous pouvons nous en occuper nous aussi, vous le savez…

« Justement, il ne faut pas vous mêler de ça, dit Georges. Je vous dirai quand j'aurai réussi. N'est-ce pas, Sipa ? »

Belle dans sa cinquantaine un peu ronde, Sipa l'angoissée faisait à moitié semblant de dormir. Elle qui paraissait languissante avait souvent des sursauts de passion inattendus, accompagnés d'un regard furieux.

« On fera comme dit le Papa, et pas autrement ! lança-t-elle. N'oubliez pas comment il est, ce Gornick. Il a bien su s'évader de prison à Tiflis, il nous sortira de chez là ! »

Aucune des trois sœurs Lévitsky n'avait réussi à s'exprimer en français avec la fluidité de Georges. Chez elles, c'était charmant. Ce soir-là, les jeunes gens sortirent de leur dîner avec une grande inquiétude.

Le départ pour la zone libre aurait lieu au plus tard en février 1942. Les préparatifs seraient longs. On se donnait une bonne année.

Au Thoureil, au mois de juin 1941, Yvonne se fit aider pour cueillir les premières cerises, leur adjoignit du sucre et de la vanille et en stérilisa au moins la moitié en bocaux dans la lessiveuse neuve. Les cerises anglaises, plus acides, seraient conservées dans de l'eau-de-vie après ébouillantage des bocaux, et en prenant soin de laisser aux fruits une petite queue de deux centimètres. Pour les haricots verts et la macédoine de légumes, c'était fait.

Le 23 juin, tout changea.

Ce jour-là, Radio Paris annonça sur un ton de triomphe que, depuis la veille, le Führer avait commencé à envahir militairement l'Union soviétique en franchissant la ligne de démarcation à la hauteur de l'ancienne Lituanie. Les photos des panzers allemands grimpant allègrement sur les rives des fleuves envahirent la presse de la collaboration.

Yves et Raymonde exultèrent, comme tous les Français, hormis les collaborateurs. Hitler en Russie ! C'était trop beau pour être vrai ! Il allait implacablement s'y engloutir, comme Napoléon !

Deux jours plus tard, la radio de Londres annonçait que les États-Unis et l'Angleterre apporteraient leur appui aux Soviétiques.

Le 30 juin, l'URSS rompit ses relations diplomatiques avec le gouvernement de Vichy.

Vers la fin du mois, l'amiral Canaris apprit qu'à Kaunas des policiers et des criminels libérés avaient tabassé à mort quelques centaines de Juifs. Un pogrom de plus. L'armée soviétique avançait d'un bon pas sur les terres d'Ukraine quand Canaris apprit tout autre chose.

En URSS, vers le milieu du mois de juin 1941, des *Einsatzgruppen* nazis nouvellement recrutés entamèrent les « opérations mobiles de tuerie » des Juifs de l'Union soviétique. Exécutions par balles, dans le dos de corps nus, debout devant les fosses où ils allaient tomber. Par milliers. La nouvelle ne fut connue que de quelques milieux militaires allemands, dont l'amiral Canaris, patron du renseignement du régime nazi.

Le 16 août 1941, dans l'ancienne Lituanie, Heinrich Himmler, l'ingénieur à qui le Führer avait confié la question juive en le priant de ne pas lui parler des détails, se rendit à Minsk, où l'armée lui demandait instamment de se rendre en urgence. Pour que le commandant en chef des SS se rende sur place, il fallait une raison sérieuse.

On l'appelait à l'aide. Les tueries devenaient difficiles. Himmler demanda qu'on lui organise une tuerie de cent Juifs.

Des Juifs dénudés, alignés, fusillés dans le dos, tous des hommes, basculaient dans une large fosse qu'ils avaient creusée eux-mêmes, puis une autre file de dénudés prenait leur place.

Brusquement, un peu de cervelle gicla sur l'une des bottes de Himmler. Il eut un haut-le-cœur et vomit. On lui fit remarquer qu'il ne s'agissait là que d'une exécution limitée à cent humains, et que les exécutions de masse en comprenaient des milliers par jour. Préoccupé, Himmler visita l'asile d'aliénés en ordonnant leur mort immédiate et comprit que, pour tuer en masse, il fallait changer de méthode.

Les soldats n'en pouvaient plus. Leurs officiers vivaient dans l'épouvante. L'un d'eux demanda au *Reichsführer* pourquoi on transformait ses soldats en névrosés et en sauvages, des hommes marqués à jamais, des hommes « finis ». Et pourtant, ce jour-là, ils n'avaient fusillé qu'une petite centaine de Juifs. Apparemment, le problème n'était pas la mort des Juifs, mais la germination de la folie chez les exécutants.

Himmler en conclut qu'il fallait recourir au procédé qui avait rendu possible l'euthanasie des handicapés, des vieux, des prisonniers et des malades mentaux. Ce ne serait pas plus mal d'euthanasier aussi les femmes et les enfants, car le Führer avait donné l'ordre de nourrir toute l'Allemagne avec les pays occupés, et cela leur éviterait de mourir de faim, du moins sur les terres conquises en URSS. Mourir de faim ? Une mort atroce.

Le lendemain, un officier ingénieux enferma des explosifs dans un bunker rempli de malades mentaux pour essayer une autre méthode. Il mit à feu. Des morceaux de corps sautèrent au-dessus des arbres où ils restèrent coincés. Nettoyer l'emplacement devint impossible. Ce n'était pas une bonne méthode.

Le 19 août, le docteur Schütz rendit visite à la pharmacie centrale du Cherche-Midi. Claquement de talons, *Guten Tag*, longue ordonnance à relire, Raymond et le médecin de l'*Abwehr* au coude-à-coude pour vérifier. Il commença à murmurer demain soir grande rafle de Juifs étrangers dans le onzième arrondissement, préparez-vous, pas une seule nuit, restez une nuit de plus et vos parents, où en sont-ils ? Je ne vous demande pas le détail, mais *liebe* Raymonde, est-ce qu'ils préparent de faux papiers ? Vous ne voulez rien dire, je comprends. Ah bon ! Vous ne savez pas. C'est bien.

Il ne partit pas tout de suite. Il avait quelque chose au bord des lèvres. Il faut que vous sachiez qu'ils sont des monstres. Ils ont…

Et soudain, *Auf Wierdersehen*, main à la visière. Raymonde ne dormit pas rue du Cherche-Midi, mais comme toujours au couvent.

Le surlendemain soir, en remontant à l'appartement, Raymonde trouva son mari en grande conversation avec un de ses clients, Marcel Espiau, collabo notoire à qui elle n'adressait pas la parole. En entrant dans la pièce, elle eut un mouvement de recul.

« Viens, ma chérie, dit Yves. N'aie pas peur. Espiau a une double vie. Il collabore mais il combat l'ennemi. Et il venait te dire...

– Peut-être pourrais-je dire en personne ? dit Marcel Espiau. Voilà. Quand vous aurez besoin de vous cacher quelque part dans Paris, n'hésitez pas à venir chez moi, rue Saint-Placide. Nous avons une chambre pour vous. Là, vous pouvez être sûre que personne ne viendra vous chercher ! Puisque je suis un collabo et que tout le monde le sait. »

Raymonde le remercia avec raideur, s'assit sur le bout des fesses sur un fauteuil et se tut. Marcel Espiau donna des nouvelles de la campagne des nazis en Union soviétique, qui envahissaient la Russie à toute vitesse.

« Mais attendez l'hiver ! dit-il dans un éclat de rire. On les verra ces mignons soldats, ces petits chéris, quand le froid va les attaquer ! Pour toute protection, ils n'ont que leur tenue d'été ! »

Le 21 août 1941, à Paris, en représailles de la première rafle des Juifs, Frédo, pseudonyme Colonel Fabien, tua un officier de marine allemand sur le quai du métro, station Barbès-Rochechouart.

Le 3 septembre, en Pologne occupée, l'une des chambres d'extermination du camp d'Auschwitz servit de test pour l'utilisation du gaz Zyklon B, utilisé en agriculture pendant la Grande Guerre contre les poux et les nuisibles. L'effet mortel à court terme de l'acide cyanhydrique fut expérimenté sur des prisonniers soviétiques et jugé satisfaisant.

Le 18 septembre eut lieu aux Rosiers-sur-Loire l'arrestation d'un Juif autrichien né à Prague, Paul Schablin, déclaré « en surnombre dans l'économie française » par le préfet du Maine-et-Loire. Ainsi, les Juifs étaient menacés dans une région tranquille du Val de Loire, au cœur d'un petit village à six kilomètres du Thoureil. Paul Schablin fut le premier d'entre eux.

Le 26 septembre, Radio Paris annonça la capture de six cent soixante-cinq mille prisonniers soviétiques dans la région de Kiev, en Ukraine. Les armées du Führer entraient en URSS aussi facilement que les grognards de l'Empereur Napoléon.

En Ukraine, le 28 septembre, parut un communiqué officiel nazi :

Tous les Juifs de Kiev et de ses environs devront se présenter le lundi 29 septembre 1941 à 8 h du matin à l'angle des rues Melnikovskaïa (près des cimetières). Ils devront être munis de leurs papiers d'identité, d'argent, de leurs objets de valeur, ainsi que de vêtements chauds, de linge, etc. Les Juifs qui ne se conformeront pas à cette ordonnance et seront trouvés dans un autre lieu seront fusillés. Les citoyens qui pénétreront dans les appartements abandonnés par les Juifs et s'empareront de leurs biens seront fusillés.

Et là, ils plaquèrent les Juifs nus contre le fond du ravin de Babi Yar, les accroupirent sur les morts qui gémissaient encore, et leur tirèrent une balle dans la nuque. Vingt-deux mille morts par balle le premier jour. Et encore des milliers le deuxième jour. Et davantage le troisième jour, cent mille Juifs ukrainiens en tout. Mais pas qu'eux. Polonais Tsiganes, Ukrainiens opposants politiques, mais pas qu'eux ! Ce fut interminable. Malades mentaux, prisonniers de guerre, à raison de trente mille par jour, trente-six mille quand les bourreaux s'échauffaient.

Malgré l'apparente jovialité avec laquelle les tueurs tiraient leurs balles dans le cou, quelque chose bougea dans le paysage mental des Waffen SS.

Babi Yar, non loin de Kiev, était un très profond ravin un peu boisé descendant vers la rivière. Le ravin resta longtemps empli de cadavres, jusqu'au bord.

Le 2 octobre, Radio Paris annonça le lancement de la grande offensive contre Moscou. Et la même nuit, six synagogues parisiennes furent attaquées à l'explosif. Par qui ? On savait, mais on ne procédait à aucune arrestation.

Quelques jours plus tard, une autre palanquée de six cent mille Soviétiques furent faits prisonniers.

Le 8 novembre 1941, conformément au décret de 1940, l'État français du maréchal Pétain ouvrit un camp de concentration à Montreuil-Bellay, dans le Maine-et-Loire. Pour qui ? Pour les « individus sans domicile, nomades et forains ayant le type romani ».

L'hiver russe commença d'un coup le 13 novembre. Par moins vingt degrés, les armées du Führer subirent des pertes importantes. Radio Paris n'en parlait pas, mais la chose se savait dans les pays occupés.

Le 4 décembre, à quelques lieues du Kremlin, la température tomba à moins trente-sept degrés, puis à moins cinquante. Le Führer arrêta la campagne militaire en URSS.

Et le 7 décembre, l'aviation du Japon impérial attaqua la base américaine de Pearl Harbor, entraînant les États-Unis dans la guerre.

Le faux Samuel revint le 11 décembre, avec sa casquette à visière, très agité et l'air soucieux. Raymonde comprit qu'une rafle se préparait et fit mine d'étudier la liste de commandes médicales qu'il apportait beaucoup trop tôt. C'est pour demain soir ? dit-elle à voix basse. La toute dernière rafle, répondit le faux Samuel. Trois cents Juifs étrangers, et près de mille personnalités françaises. Vos policiers s'en chargent.

« On arrête des Juifs français ? » s'inquiéta Raymonde.

Le docteur Schütz fut pris d'une quinte de toux, Excusez-moi, *bitte*, *Frau* Raymonde…

« Que va-t-il leur arriver ? »

Il haussa les épaules.

« Ils iront dans un camp à Compiègne. Ils ne seront pas mis à mort, ne vous inquiétez pas.

– Parce que leur mise à mort pourrait arriver ? cria Raymonde affolée.

– Non ! Bien sûr que non ! Puisque je vous dis qu'ils seront seulement internés ! C'est la guerre, *liebe* Raymonde. Allez ! N'oubliez surtout pas de tirer vos rideaux, pour la défense passive…

– Mais pourquoi chaque fois… ?

– Vous pourriez aller en prison pour un rai de lumière. »

Raymonde baissa les volets de fer, monta prévenir son mari et se mit en marche vers la petite porte du couvent, où malgré les édredons et la soupe, elle prit froid. On avait arrêté près de mille Français juifs.

« Maintenant ça suffit, le couvent », lui dit Yves.

Abrutie et fiévreuse, Raymonde acquiesça. Il ne lui serait pas venu à l'idée de refuser quoi que ce soit au père de son enfant.

Par le service des renseignements, le docteur Schütz avait été informé que de grands massacres avaient commencé en Ukraine. Il ne connaissait pas le chiffre exact des morts, mais l'amiral Canaris, son supérieur à Berlin, avait transmis aux officiers de l'*Abwehr* des renseignements fiables : les 29 et 30 septembre 1941, les SS avaient tué plus de trente mille personnes, arrêtées le matin même de la fête du Grand Pardon, Juifs d'Ukraine abattus d'une balle dans la tête, dans le fond d'une fosse où restèrent les dépouilles.

Trente mille Juifs ! Cette ordure est un monstre, se répétait le docteur Schütz. Il va falloir le tuer, il n'y a aucune autre solution. Leurs réunions de SS, leurs conférences secrètes, je me demande ce qu'ils préparent. La même chose que pour les malades mentaux ? Impossible. Les Églises allemandes l'empêcheraient. Mais quoi alors ?

Le 19 décembre, Joseph Goebbels, ministre de l'Éducation du peuple et de la Propagande, lança un appel aux Allemands pour qu'ils envoient des fourrures sur le front de l'Est, où les soldats du Reich mouraient dans leurs uniformes d'été, portés depuis le début de l'opération Barbarossa, en juin de cette année 1941.

Le 20 janvier 1942, à Berlin, quinze hommes se réunirent à la villa Marlier dans le quartier de Wannsee, pour étudier les questions techniques posées par la « solution finale » décidée par le Führer à l'été de l'année précédente.

La lettre du maréchal Goering dessinait les contours de cette conférence :

> *Je vous charge par la présente de prendre toutes les mesures préparatoires nécessaires du point de vue organisationnel, pratique et matériel pour une solution globale de la question juive dans la sphère d'influence allemande en Europe. Là où ces dispositions touchent à la compétence d'autres instances gouvernementales, leur participation doit être requise. Je vous charge en outre de me soumettre sous peu un plan d'ensemble des mesures organisationnelles, pratiques et matérielles nécessaires pour mener à bonne fin la solution finale souhaitée de la question juive.*

Le temps de l'émigration offerte aux Juifs était définitivement terminé. On allait désormais entamer la liquidation, qui serait placée sous le commandement de Reinhard Heydrich, haut dignitaire SS qualifié en tueries. Il fallait coordonner ces exécutions de masse pour qu'elles se déroulent sans encombre ni répercussions internationales. Et c'était une urgence. Chacun des quinze participants devait s'y coller immédiatement.

Les quinze examinèrent pas à pas comment procéder à l'extermination de onze millions de Juifs d'Europe, autrement nommée « Évacuation des Juifs vers l'est ». Il allait de soi qu'on garderait en vie le nombre de Juifs nécessaires pour la construction des routes (ce qui « diminuerait substantiellement leur nombre »), et ce même si, dans leur majorité, les Juifs étaient inaptes au travail.

Que faire des Juifs décorés de la médaille militaire ? Avec ceux de plus de soixante-cinq ans, on les placerait dans un ghetto de vieillards, peut-être à Theresienstadt, avec les Juifs grands invalides de guerre, ce qui neutraliserait les interventions pour les sauver.

Une fois terminé le gros de la liquidation, on prendrait soin de chercher et de liquider les Juifs les plus résistants, pour éviter qu'ils ne fassent souche.

Restait l'épineux problème des *Mischlinge*, les demi-Juifs et quarts de Juifs. Les quinze discutèrent longtemps. Il fut décidé d'inventer une loi permettant la dissolution des mariages entre Juifs et Aryens. Ensuite, selon leur degré de pureté raciale, ou bien les *Mischlinge* seraient eux aussi évacués vers l'est, ou bien ils seraient stérilisés.

L'un des quinze membres de la Conférence de Wannsee Adolf Eichmann. Il assurait le secrétariat. La réunion fut pliée en deux heures. Les documents furent classés secret défense, car nombre de généraux de la Wehrmacht protestaient déjà suffisamment contre les dégâts mentaux provoqués chez leurs soldats par les rumeurs sur les tueries par balles.

L'amiral Canaris, qui n'en était pas destinataire, reçut la copie du protocole de Wannsee en trois jours. Tous les officiers de l'*Abwehr* le reçurent à leur tour, avec ordre de détruire le document après en avoir pris connaissance. Lui aussi prépara ses réseaux. Ceux de l'hôtel Lutetia firent de même.

Heydrich se mit au travail et fit construire trois camps d'« évacuation » pour les Juifs de Pologne, Bełżec, Sobibór et Treblinka.

Le 2 février 1942, Georges Gornick annonça à sa fille qu'il était en possession de quatre *Ausweiss* et que le grand départ approchait. Ils partiraient le 8 février dans la nuit, vers 5 heures du matin.

Le 7 février, les Juifs n'eurent plus le droit de sortir dans Paris entre 20 heures et 8 heures du matin. Georges Gornick dut reculer son grand départ, ce qui compliqua toute son organisation. Sa Hotchkiss n'arriverait à Vierzon qu'à 1 heure dans l'après-midi, il devrait reculer son rendez-vous avec l'employé de mairie qui lui donnerait ses faux papiers. Il lui faudrait aussi prévenir son frère en maçonnerie, qui devait les héberger tous à Périgueux. Georges jura des Bon Dieu en yiddish et puis s'exécuta.

Le 10, la fille d'Yves et Raymonde fêta son deuxième anniversaire en Anjou en soufflant elle-même ses bougies. Pour la circonstance, sa grand-mère Yvonne lui avait roulé les cheveux en une boucle sur le sommet du crâne, qu'elle appela « chouquette », dans le genre Nini peau d'chien.

> J'ai éteint le feu avec ma bouche ! Contente, comme ça, quand il y aura encore des feux qui tombent sur nous, je n'aurai qu'à souffler booouuuwwwfff, et ça s'éteindra. Mamiedouce m'a mis sur la tête quelque chose de dur, très dur, pas bien du tout, mais ça fait joli, toulmonde il le dit. Pas drôle. Pourquoi vivre ? Ça n'est pas amusant. Je ne manque pas de baisers, mais je m'ennuie tellement. La seule chose que j'aime, c'est frotter le museau de la vache de Joseph. C'est dur et mou, mouillé, et j'aime sa langue. Pas comme l'autre quatre-pattes qui fait un bruit affreux et m'a mordu l'œil. La vache de Joseph se tait. Quand elle n'est pas contente, elle fait comme un gros cri. Ça s'appelle meugler, on m'a dit. C'est un joli mot.

Le 15 février, annoncée à grand fracas par la presse collabo, l'axe Japon-Italie-Troisième Reich remporta une immense victoire contre les Alliés antinazis. Singapour, forteresse anglaise réputée invincible, tomba aux mains des Japonais.

Les Anglais avaient rendu Singapour imprenable par la mer, mais ne s'étaient pas occupés de la voie par la terre. Quelle armée pourrait jamais traverser la jungle ? Eh bien, l'armée du Japon impérial. Les soldats nippons massacrèrent environ dix mille Chinois pour faire bonne mesure.

Le 20 février, Georges et Sipa Gornick ainsi que les deux sœurs de Sipa quittèrent Paris à 8 heures du matin et franchirent la ligne de démarcation à Vierzon grâce à Marcel Demnet, employé de mairie, qui leur remit quatre fausses cartes d'identité. Les *Ausweiss* furent examinés par les Boches avec indifférence et la famille Gornick se retrouva en zone libre. Sipa pleurait de joie à force d'angoisse délivrée.

Pour une petite heure, Georges arrêta la Hotchkiss devant un restaurant routier et, le soir venu, la famille se retrouva sans encombre à côté de Périgueux dans une grande demeure ancienne appartenant à un vieil industriel franc-maçon. Pour permettre aux dames de se reposer, le dîner eut lieu dans la cuisine où, pour la première fois depuis longtemps, la famille Gornick se régala de tartines de pâtés sans trop chercher à savoir de quoi ils étaient faits. Le vin de pays, aussi, réchauffait le cœur. Et les chaufferettes dans les lits également.

Georges resta à la cuisine avec son ami Étienne.

« Alors, où allons-nous ? J'espère pas trop loin de vous... »

Étienne avait choisi Salviac, un bourg autrefois connu pour ses tanneries, situé dans le Lot-et-Garonne, au bout du Périgord. S'y trouvait déjà un début de communauté juive, oh, pas beaucoup, mais suffisamment pour s'entreparler.

« Mais je suis bien embêté, savez-vous ? J'avais retenu pour vous une maison et une autre famille s'y est installée. Pour vos belles-sœurs, la chose est sûre, j'ai trouvé une petite maison pour Tania, et Bella dormira à l'hospice. Mais pour vous deux ensemble, je n'ai rien trouvé d'autre que l'hôtel de Salviac.

– Un hôtel ? Après tout, pourquoi pas ? dit Georges. Les propriétaires sont fiables ?

– Tout Salviac est fiable. Intégralement. Je m'en suis assuré pendant plusieurs jours. Je me suis même confié au curé, un type bien. Vous ne risquez rien. Vous serez choyés et je vous sais assez fortuné pour financer une chambre à l'Hôtel de l'Univers.

– De l'Univers ? dit Georges en riant. Nous serons au centre de l'univers, c'est trop drôle !

– Ils s'occuperont de vous, cher ami. Compte tenu de la santé de votre épouse, c'est mieux, je trouve. Ils vous attendent.

– Je ne sais… Je ne trouve pas les mots pour vous dire… Merci beaucoup, mon frère. »

Étienne toussota.

« Il est possible que, bientôt, un réseau de résistance intérieure s'installe dans les Causses. Ne soyez pas bavard.

– Un réseau du Général ? demanda Georges.

– Ah ! Oui, je vois que vous êtes informé. Nous vaincrons, mon frère. Nous redeviendrons libres. »

D'un même élan, Georges et Étienne s'étreignirent.

Les Gornick repartirent tôt le matin après un copieux repas de tartines beurrées, sans café ni thé, avec du lait chaud. Georges avala les quatre-vingt-dix kilomètres de Périgueux à Salviac en quelques heures et ils arrivèrent place de la Mairie à Salviac vers midi. Georges partit en éclaireur vers l'Hôtel de l'Univers et en ressortit avec son bon sourire.

Le 28 février 1942, dans l'administration des camps de la mort, un certain Martin Luther reçut une lettre d'un Polonais se plaignant de voir trop de cadavres juifs exposés sans sépulture. Que ce soit des Juifs, passe encore. Mais ça puait atrocement.

Le chef de la Gestapo répondit à Martin Luther que ses réclamations suivaient le cheminement de la hiérarchie. Ayant pris connaissance de ces plaintes paysannes, Himmler prit deux décisions : augmenter la capacité des fours crématoires pour les camps en plein fonctionnement, et préparer l'Aktion 1005, qui verrait le jour avant la fin de l'année.

En mars, commencèrent les travaux de construction du camp d'extermination de Sobibór. Le 17 mars, dans le camp de Bełżec, eut lieu la première tuerie de masse de l'Action Reinhard, avec du monoxyde de carbone et des moteurs stationnaires. Pas facile.

Le 3 mars 1942, l'aviation des Alliés bombarda Paris pour la première fois. Yves et Raymonde entendirent les sirènes toutes proches, fermèrent leur appartement en vitesse et descendirent avec d'autres dans la cave, abri collectif de l'immeuble. Les bombes tombaient loin. Où ? Vers le nord de Paris. On sut le lendemain que les bombardements visaient les usines de Boulogne-Billancourt.

Le 27 mars, le premier convoi de Juifs partit de Drancy en direction d'Auschwitz.

Le 28 mars, des commandos anglais bourrèrent d'explosifs un vieux destroyer et l'envoyèrent détruire la porte-écluse de Saint-Nazaire, la seule capable d'accueillir les destroyers des Boches. Les dégâts furent considérables, pour l'ennemi comme pour les civils. Mais les vaisseaux allemands n'avaient plus de port sur l'Atlantique.

Le 29 mars, au Thoureil, fut le jour du cochon.

Yvonne s'entoura d'un grand tablier blanc, et répartit les tabliers de travail aux voisins et amis enrôlés pour traiter l'animal. Le boucher, seul qualifié pour lui trancher la gorge, le mit debout sur ses pattes arrière, demanda à Yvonne de les tenir fermement, et puis le sang jaillit à gros bouillons en même temps que les cris affreux du pauvre malheureux. Personne n'aimait ce moment-là. Ensuite il fallait aller vite.

Recueillir tout le sang dans un chaudron, y ajouter un hachis d'oignons et d'herbes printanières, le mettre sur le feu et tourner, tourner longtemps. En un rien de temps, le boucher finissait son ouvrage : brûler les soies au chalumeau, ouvrir la bête, en sortir l'intérieur, découper les quatre jambons, détacher la chair délicatement sur le ventre et le dos, découper les côtes, trancher la queue et les oreilles.

Enveloppés chacun dans une mousseline, salés, poivrés, les jambons furent pendus au-dessus de la cheminée, là où cuisait le sang pour les boudins. Le plus dur était de nettoyer les intestins en ôtant toute la merde au jet d'eau. Cela ne sentait pas forcément mauvais mais c'était sale, tout ça.

Ensuite on soufflait dans les boyaux pour les gonfler, avant de les répartir : boyaux pour boudins, boyaux pour andouillettes et boyaux pour andouille. Yvonne se réservait toujours les boudins. On lui apporta le chaudron bouillant.

Le boucher buvait des coups avec Joseph, le maître de maison, en regardant les femmes trimer. Celle qui tournait les rillettes celle qui préparait les pâtés celle qui faisait rissoler les rillons celle qui dépouillait de ses poils les oreilles et la queue, celle qui fabriquait l'andouille avec le gros côlon et l'andouillette avec les nœuds de l'intestin en les assaisonnant de sel, de poivre, de persil haché et de muscade... Heureusement qu'on pouvait confier la tourne des rillettes à des enfants de treize, quatorze ans.

Évidemment, pendant la guerre, on ne trouvait plus de muscade.

Le soir commençait à tarder sur le bord de la Loire. Suffisamment pour que la petite équipe se retrouve sur le parapet pour regarder le coucher du soleil. Au printemps, les crues transformaient le fleuve en torrents chargés d'étranges dépouilles, tronc d'arbre et ses branches en boutons, linge oublié à la cale et gonflé par endroits, et parfois, un gros corps ventru à quatre pattes qui obligeait à appeler les secours aussitôt. Il passait environ un ou deux noyés pendant les crues.

Enfin, Yvonne partageait le cochon travaillé en autant de parties qu'il y avait de recrues. Équitablement. Pas une seule erreur dans la répartition d'Yvonne, excepté les oreilles dont elle aimait le croquant, et la queue dont personne ne voulait.

C'était une journée cruelle et tranquille, dont chacun chacune sortait avec une douceur inaccoutumée. On ne se demandait pas pourquoi. On était bien avec un remords au fond du cœur.

Le 4 mai, Raymonde reçut en fin de journée une visite officielle du docteur Schütz, en casquette à visière. Les jours rallongeaient à vue d'œil et le temps était doux. Sitôt entré dans la pharmacie, le faux Samuel ôta sa casquette et s'épongea le front.

« Je dois dormir ailleurs ? » demanda Raymonde.

Non, répondit en allemand le docteur Schütz. Non, c'est plus ennuyeux. Une ordonnance va sortir bientôt. L'étoile jaune, vous savez. Vous irez chercher les trois étoiles au *Polizei* commissariat, mais vous ne les porterez pas. Il suffit que vous alliez les chercher et que vous signiez.

Un silence se fit.

« Ça va servir à quoi ? » dit Raymonde.

À vous identifier. C'est pour cela qu'il ne faudra pas les porter. Je suis désolé *Frau* Raymonde, je n'ai pas pu obtenir pour vous une exemption.

Raymonde haussa les épaules.

« Je ne vous ai rien demandé ! »

Ne vous fâchez pas, *liebe* Raymonde. Je fais du mieux possible. Je vous avertis à l'avance parce qu'aujourd'hui, le tissu jaune a été commandé. C'est pour bientôt. Courage.

Il remit sa casquette, l'ajusta et leva les bras en signe d'impuissance.

Le 27 mai 1942, le lieutenant-colonel Heydrich, gouverneur de Bohême-Moravie où il avait mis à mort Juifs et résistants en utilisant la terreur, sortit de sa résidence dans le petit bourg de Panenské Břežany, et monta dans sa Mercédès décapotable.

Trois résistants tchèques parachutés depuis septembre 1941 lancèrent l'opération *Anthropoid* : abattre Heydrich à la mitraillette, au revolver et à la grenade antichar. Seule la grenade parvint à atteindre Heydrich, qui descendit tranquillement de sa voiture.

Transporté à l'hôpital une heure plus tard, en l'examinant, on découvrit dans son dos de profonds éclats de métal et des crins de cheval du rembourrage des sièges de la voiture. On l'opéra. Ce n'était pas grave. On avait eu chaud.

Le 28 mai, au Thoureil, Rose emmena la fillette cueillir des coucous sur les talus. Oh, pas bien loin ! Les premiers coucous poussaient à cent mètres du village. L'enfant ne savait pas encore courir, encore que… Justement, elle échappa à Rose et se mit à courir en éclatant de rire. Elle qui ne riait jamais ! Rose la rattrapa et lui montra comment cueillir un coucou, non, pas comme ça, on n'arrache pas, on pince, là, tu vois ? La fillette eut du mal. Puis elle progressa suffisamment pour que Rose lui montre comment faire une couronne de coucous.

Elle sortit de ses poches une bobine de fil blanc et noua les tiges en couronne avant de couper le fil avec ses dents, ses pauvres dents si mal en point. Un dentier s'imposait mais en pleine guerre, comment ? De toute façon, c'était trop cher. Rose remit rageusement sa bobine dans sa poche et couronna l'enfant. Les coucous s'entremêlèrent avec les boucles courtes, le jaune avec le blond, c'était un ravissement.

La petite fille rentra avec orgueil montrer sa parure à la maison.

Dans l'immense administration des camps de la mort, il fut décidé en juin de mettre en place l'Aktion 1005. Des groupes de détenus juifs rassemblés sous le nom de *Sonderkommandos* se chargeraient de sortir les cadavres des chambres à gaz, de leur arracher leurs dents en or, de les brûler dans les fours et d'éparpiller les cendres.

Double avantage : des Juifs feraient le sale travail, qui par-dessus le marché dissimulerait les traces. Vu comment se déroulait la campagne militaire en Union soviétique, le fidèle Himmler se mit à penser qu'il fallait absolument prévoir d'effacer les modalités précises de l'« Évacuation » des Juifs d'Europe.

Six jours après l'attentat qui avait failli lui coûter la vie, le 4 juin, Heydrich mourut dans sa chambre d'hôpital d'une septicémie foudroyante, à cause des crins de cheval qui s'étaient enfoncés profondément. Attentat réussi.

En France occupée, à compter du 7 juin, comme l'avait prévu le docteur Schütz, la huitième ordonnance allemande rendit obligatoire le port de l'étoile jaune pour les Juifs au-dessus de six ans.

Le gouvernement de Vichy redoutait à juste titre que cette mesure n'indigne la population, voire les institutions religieuses, qui jusqu'ici n'avaient pas réagi aux lois contre les Juifs. Mais les autorités d'occupation en décidèrent autrement et on accorda une centaine d'exemptions au maréchal Pétain qui les quémandait. Pas plus.

Raymonde ne traîna pas. Elle alla chercher son lot d'étoiles en compagnie de son mari, qui les fourra immédiatement dans la poche arrière de son pantalon. Rentrés rue du Cherche-Midi, ils examinèrent la chose bordée du vert des Boches, d'un jaune pisseux, avec sa grotesque désignation : Juif, en simili-écriture gothique.

« Je vais les mettre au coffre, annonça Yves. Fermé à triple tour.

– On dirait une vipère, souffla Raymonde. Ça darde des flammes, cette saloperie. »

Le 9 juin, à Berlin, le Führer prononça l'éloge funèbre de Reinhardt Heydrich, en grande pompe.

Le 10 juin, le village de Lidice, soupçonné à tort d'avoir hébergé les résistants tchèques, subit sa punition qui suivit à la lettre les ordres du Führer : entièrement rasé, ses habitants tous fusillés, ses habitantes toutes déportées en camp de concentration, quatre-vingt-huit enfants, assassinés.

On nivela le sol de Lidice par-dessus les cadavres sans sépulture.

Le 11 juin, Theodor Dannecker, délégué d'Adolf Eichmann, fut nommé responsable de l'organisation Solution finale pour la France. Le 25, il réclama à l'adjoint de René Bousquet vingt-deux mille Juifs pour la zone occupée, et dix mille pour la zone libre.

Le 13 juin, le maire de Saumur dénonça par écrit un « Israélite polonais » nommé Ilja Morejn, qui vivait dans sa ville depuis quelques mois. Il fut arrêté le 19.

Le 30 juin, le commandement soviétique à Sébastopol évacua l'état-major et le personnel administratif. De nombreux soldats russes avaient été capturés par la 11e armée allemande, la situation du fort ne tenait plus qu'à un fil. Le 3 juillet, les Soviétiques évacuèrent leur flotte de la mer Noire et le 4 juillet, la 11e armée entra dans Sébastopol.

Ce même 4 juillet, se réunirent au siège de la Gestapo à Paris Louis Darquier de Pellepoix, commissaire aux Questions juives, René Bousquet, chef de la police de Vichy, et deux hauts dignitaires SS. Il s'agissait d'une immense rafle de Juifs dans Paris, à préparer avec beaucoup d'attention. La directive qui s'ensuivit comportait un premier paragraphe : « L'exécution pratique sera confiée à la police française. »

Le même jour à Saumur, furent arrêtés Léon Bermann et Nehemiah Roubakowitch, citoyens russes installés en Anjou depuis les années 1920 ; ils furent déportés à Compiègne, et de là, à Auschwitz.

Le 12 juillet, une autre circulaire désignait les cibles des rafles : Juifs allemands, autrichiens, polonais, tchécoslovaques, russes blancs, russes rouges et apatrides avec leurs enfants. « Les opérations devront être effectuées avec un maximum de rapidité, sans paroles inutiles et sans aucun commentaire », signé Hennequin, directeur de la police municipale à la Préfecture de police.

Le 13, la circulaire suivante ordonnait l'arrestation et le rassemblement de vingt-sept mille quatre cent vingt-sept Juifs étrangers habitant en France.

Ce soir-là, le faux Samuel fit une apparition à la pharmacie centrale du Cherche-Midi, en casquette arborant l'aigle du Reich.

Encore une rafle, murmura-t-il quand il n'y eut plus personne. Que des Juifs étrangers, mais la police peut faire des erreurs.

Beaucoup d'arrestations ? demanda Raymonde la voix nouée.

Beaucoup, beaucoup trop, soupira le faux Samuel. Je suis vraiment désolé.

Ah oui ? Vraiment ? Eh bien, révoltez-vous à la fin ! s'écria Raymonde. Vous ne faites rien pour eux !

Ne croyez pas ça, *Frau* Raymonde. Ne le croyez pas.

Il s'éclipsa comme s'il était fautif et Raymonde téléphona à Alys Anthony.

En entendant sa voix, l'Anglaise se contenta de dire : « Je vous attends. Je préviens votre mari. » Chez Mme Anthony, le lit était douillet. Mais Raymonde n'avait pas très envie de dormir. Elles causèrent jusqu'à la fin de la nuit.

Les deux femmes sirotaient un reste de whisky quand des coups répétés frappèrent à la porte.

Alys Anthony se leva, souleva le coussin de son fauteuil et en sortit un revolver dont elle ôta le cran. « Allez vous cacher, vite, à la cuisine ! » glissa-t-elle à Raymonde.

Deux voix mâles derrière la porte, sur le palier. Alys Anthony ne bougea pas. Menaces, nous allons fracasser la porte, Alys l'ouvrit toute grande et pointa son revolver à hauteur de visage, nez à nez avec un type à chapeau. Un Français. « Ne tirez pas on part ! cria-t-il d'une petite voix de souris. On décanille, je vous jure, tirez pas... »

Et ils s'en allèrent. Alys Anthony posa son revolver et rejoignit Raymonde, planquée dans la cuisine. « En plus, ce sont des lâches », dit-elle.

Dans la nuit du 15 au 16 juillet, coordonnés par le préfet du département et un officier de la SS, les policiers français lancèrent une grande rafle dans le Val de Loire. Furent raflés à Saumur Frajda Rosenbach, sa fille Anna, et son fils Léo-Hermann dit Armand, Jeanne et Marlyse Kahn, Eta Roubakowitch et ses deux filles, Ita et sa fille

Marguerite Modzewiecki, Salomon et Sarah Eilstein, Théodore Eilstein. Certains se croyaient protégés par leur nationalité russe, d'autres parce qu'ils avaient bel et bien obtenu la nationalité française, d'autres enfin parce qu'ils étaient dans le Maine-et-Loire depuis si longtemps que…

Rien n'y fit. Aucun papier français, aucune vérification. L'orthographe de leurs noms de famille suffisait.

La famille Grumbacher, Fanny, la mère, Rita, Sedi et Gerti-Clara, ses filles, furent arrêtées à Chênehutte-les-Tuffeaux, ainsi que Selma Rothschild et deux de ses enfants, Julia et Frédéric, Fanny Grumbacher et ses trois filles, Gerta, Rita, Sedi, et ce ne fut pas tout. Furent également raflés à Chênehutte la famille Meier, Martha, la mère, Ernest et Jeannette, ses enfants, Maria Abraham, Kurt Balin, Paul Strauss. À Brézé, Daniel Rabitz. À Noyant, bourg minuscule du Baugeois, et à Sainte-Radegonde, furent raflés Paul Strauss, Kurt Balin, Karl et Marion Abraham, Lejbus et Ela Lokiec, Szmul Wulfzstat et sa femme Chaja, Gitla et Fernande Fain, Gershon et Golda Feuer. À Distré, Henri Bomeisl, Fanny Schweib. À Chacé, Stefan et Rachel Weisz firent partie de la grande rafle. Et aux Rosiers-sur-Loire, Ruth Schaul.

À Gennes, le bourg le plus proche du Thoureil, Leib Rigelis, raflé le 16 juillet, partirait pour Auschwitz le 20 avec la plupart des Juifs du Saumurois.

Le 16 juillet, commença dans Paris l'opération *Vent de printemps*. Elle devait se dérouler en même temps à Bruxelles, Amsterdam et Paris, et aussi dans les endroits où le préfet était un collabo. Ce fut le cas du Maine-et-Loire où le préfet Jean Roussillon se fit remarquer pour son efficacité antisémite.

Le 16 juillet à Saumur fut arrêté le rabbin Henri Lévy, Croix de guerre 14-18, aumônier volontaire, qui avait cousu son étoile jaune juste au-dessus de ses décorations militaires, Marthe et Berthe, ses filles, Hélène Bruck, sa petite-nièce. Furent arrêtés Théodore et Chaja Eilstein. Stefan et Rachel Weisz à Chacé. À Auverse, Bernard Kielmanovitz fut arrêté. L'arrestation des Juifs ne chômait vraiment pas en Anjou. À Vihiers, furent arrêtés Malka Simenow, Joseph Wareck, sa femme Brandla et leur fille Elka, Chaïa et Sura Gotainer avec leur fils Henri.

Finalement, la rafle parisienne ne fut pas réussie. Elle n'arrêta que treize mille cent cinquante-deux Juifs étrangers au lieu des vingt-deux mille prévus.

À 5 heures du matin, sous l'aube du mois de juillet, des voisins, effarés de voir arrêtés des femmes et des bébés, commencèrent à se mobiliser et cachèrent des Juifs dans leurs immeubles. Il y eut des policiers français compatissants, qui n'arrêtèrent pas de Juifs, refusant l'ordre sans le dire. Et il y eut des faux Samuel qui logeaient à l'hôtel Lutetia.

Après leur arrestation, les célibataires et les couples sans enfants furent dirigés vers le camp de Drancy, d'où partaient les déportés pour on ne sait où, sans doute pour Pitchipoï, un trou perdu en rase campagne. Mais les familles juives avec enfants furent majoritairement rassemblées au Vélodrome d'hiver où avaient lieu toutes sortes de compétitions sportives, cyclistes, athlétiques, matchs de boxe, de tennis et même de hockey sur glace.

Et alors voilà. Sept mille personnes dans un stade en juillet. Un seul point d'eau, deux latrines, rien à manger, rien à boire et le soleil tapait sur les verrières. Certains se suicidèrent, une bonne centaine. Des femmes se blessèrent volontairement pour se faire transporter à l'hôpital, en vain. Les micros crachotaient sans cesse des injonctions contradictoires et les éclairages, la nuit, restaient ouverts. Des nourrissons moururent, il n'y avait pas de lait ni en poudre ni dans les seins de leurs mères. Des femmes accouchèrent, livrées à l'aide des femmes qui voulaient bien.

Surtout, il y avait l'odeur. Une puanteur de merde insupportable, envahissante, une odeur à ôter le goût de la vie. Pourquoi tant de cruauté ? On n'avait rien prévu. La puanteur régna pendant trois jours. Et l'on fit monter ce bétail qui n'avait pas pu se laver dans des bus et des autocars pour les transporter dans des camps de concentration français. En wagon à bestiaux, des femmes et leurs bébés.

D'un coup, la France ouvrit les yeux.

Dans les Pyrénées-Atlantiques, le camp de Gurs avait été construit par Daladier en 1939 pour héberger les républicains espagnols en fuite. Puis en 1940 des militants communistes. Et des maris juifs séparés de leurs épouses, et des épouses juives dont les maris, déjà, roulaient en wagon à bestiaux plombé vers les camps d'extermination.

Les Espagnoles, qui avaient de l'ancienneté, éduquèrent les Juives étrangères. Se lever, se laver même peu, refaire sa paillasse, aller aux latrines revenir les pieds dans la boue se coucher se lever se laver même un peu. Hannah Arendt, Juive allemande, réussit à s'échapper et retrouva son futur mari par miracle dans les rues de Montauban.

Trois commandants français, avec pouvoirs de préfets en mission, choisirent de ne pas rester au camp de Gurs. Le dernier entra dans la Résistance et céda la place à un vrai collabo.

Le 18 juillet, le nazi de service mandaté par Eichmann vint faire une inspection à Gurs. Il trouva les baraques « déplorables » et ordonna de déporter vers l'est les six mille Juifs du camp de Gurs.

Le 20 juillet, à Chênehutte-les-Tuffeaux, furent arrêtés et déportés Selma Rotschild et deux de ses enfants, Julia et Frédéric, ainsi qu'à Noyant, Lejbus et Ela Lokiec.

À Salviac, après un beau printemps, vint la chaleur accablante du mois de juillet. Les moissons laissaient échapper toutes sortes de poussières qui firent tousser la fragile Sipa, et davantage encore sa sœur Bella. Les Gornick restaient dans leur vaste chambre volets fermés et Sipa s'ennuyait.

« Écris donc à ta fille ! disait Georges. Elle t'a donné des cartes toutes préparées ! »

Sipa se décida le 2 août. Elle demanda des nouvelles de tout le monde et termina sa carte-lettre en chantant les mérites du village, « très joli et très calme ».

Le 11 août, le gouvernement de Vichy organisa en grande cérémonie le retour d'un gros millier de prisonniers de guerre et le départ d'un train de volontaires pour la Relève.

La Relève consistait en un échange de travailleurs volontaires en partance pour le Reich contre des prisonniers libérés. Cette affaire ne marchait pas très bien. Les volontaires ne se pressaient pas au guichet. Malgré la promesse d'un travail payé et de meilleures conditions de vie, les jeunes Français ne voulaient pas aller en Allemagne, point final.

La pression se fit plus insistante. Pierre, le jeune beau-frère de Raymonde, se situait exactement dans la tranche d'âge menacée. Il décida de s'engager comme mineur dans les vieilles mines des Malécots, remises en marche à cause de la pénurie de charbon, à quelques vingt kilomètres du Thoureil. Il y revenait le soir, gris de poussière. À la nuit tombée.

Le 12 août 1942, Sipa utilisa sa deuxième carte-lettre à sa fille Raymonde, alors en vacances au Thoureil, jusqu'en septembre. La santé de Georges était bien meilleure qu'à Paris et la campagne lui réussissait très bien. Bella et Tania se plaignaient beaucoup du manque de confort pour se laver – à l'hospice, Tania disposait d'une cuvette et d'un broc de porcelaine. Les toilettes non plus n'étaient pas agréables, bref, les trois sœurs, contrairement à Georges, ne raffolaient pas de la vie campagnarde.

Le 19 août, contre toute attente, les Alliés débarquèrent en force sur les côtes normandes, à Dieppe.

Usé par la pression continuelle des Allemands, Staline demandait depuis longtemps l'ouverture d'un second front à l'Ouest, pour soulager les armées soviétiques. Prévue pour le 8 août, l'opération Rutter, débarquement de huit mille hommes dans le port de Dieppe avec couverture aérienne, avait été annulée au dernier moment alors que les troupes étaient déjà embarquées : mauvaise météo, visibilité quasi nulle à cause du brouillard, les nazis avaient eu le temps d'anticiper l'attaque, bref, on ne pouvait pas. Stop.

C'est alors qu'un parent du roi d'Angleterre, Louis Mountbatten, sans en référer à qui que ce soit, lança quand même l'opération rebaptisée opération Jubilee en débarquant cinq mille hommes sur des plages de galets surmontées de falaises. Les galets incommodaient les chars, les falaises sont infranchissables et la ville de Dieppe était encerclée par des rouleaux de fil de fer barbelé de plusieurs mètres. À 3 heures du matin, cent cinquante navires traversèrent la Manche et, à 5 heures, débarquèrent des soldats britanniques, une compagnie de fusiliers marins français, une cinquantaine de Rangers américains et, surtout, des troupes canadiennes qui n'avaient jamais combattu de leur vie. Alertée par des tracts anglais, la population française était appelée à rester passive.

Quatre heures plus tard, mille cinq cents hommes étaient morts et trois mille blessés et capturés. À 9 heures, les troupes alliées réembarquèrent, mais la marée était basse et les soldats devaient traverser d'immenses plages de galets sans protection. Le communiqué de victoire, écrit au préalable, fit illusion au Canada, pour quelques jours.

Le 16 août, Georges Gornick, sous la dictée de Sipa, écrivit une longue lettre à Victor et Suzanne pour que, de la rue de Paradis, ils envoient rapidement un certain nombre d'objets qui leur manquaient à Salviac.

Sipa dicta la liste :

– draps
– taies d'oreillers
– mouchoirs

– torchons

Pourquoi des torchons ? dit Georges.

– Pour le jour où nous aurons une vraie maison, répondit Sipa.

– nappes

– toutes les chemises

– tous les chapeaux.

Pourquoi tes chapeaux, enfin ? dit Georges à sa femme.

– On ne sait jamais, répondit Sipa. Pour les grandes occasions.

Le 20 août, commença la bataille de Stalingrad.

« Les Russes sont finis ! » s'écria le Führer après avoir décimé les forces soviétiques. Il bouleversa ses plans, donnant l'ordre de prendre Stalingrad qui devait tomber très rapidement. Le général Paulus fit avancer ses unités blindées sur des ponts de bateaux sur le Don et pénétra dans la ville, où les batteries n'étaient servies que par des femmes, faciles à dominer.

Ces femmes avaient été recrutées depuis le printemps 1942 et formées à servir les batteries de canon. Elles résistèrent.

Au Thoureil, à la tombée de la nuit, son fusil de chasse à l'épaule, Joseph arriva chez Louis et Yvonne en tenant par les pattes un admirable lièvre. La chasse était strictement interdite dans la France occupée, les armes auraient dû être rendues aux Boches dès l'automne 1940 et Radio Paris avait annoncé le chiffre mirifique de sept cent mille fusils de chasse ayant changé de mains.

Joseph s'en fichait, « comme de l'an 40 » disait-il. Et d'expliquer que l'an 40 était en réalité une transformation de l'Alcoran. Ou bien la fin du monde. En tout cas, il n'avait pas rendu ses fusils de chasse, le gibier constituait une bonne moitié des repas en automne.

Il allait pousser la petite porte arrondie quand il entendit un grondement du côté de la Creuse-Rue, un chemin non goudronné dévalant les coteaux. Il posa le lièvre et courut.

Le sanglier qui descendait boire à la Loire fit front et attaqua. Joseph l'abattit d'une seule balle. Un lièvre et un sanglier ! On n'allait pas mourir de faim. Dépouiller le sanglier n'était pas une petite affaire, mais somme toute, ça n'était jamais qu'un cochon sauvage. Et on ferait ça dans le poulailler pour éviter les dénonciations.

Le 22 août 1942, en prévision de la rafle des Juifs étrangers de la zone libre, le Français René Bousquet confia la surveillance des arrestations aux préfets pour « briser la résistance, punir les indiscrétions et la passivité ». Certains démissionnèrent. Le secret ne fut pas gardé et des enfants juifs furent mis en sécurité par l'Union générale des israélites de France. Illusions.

Ce même 22 août, en plein été, le curé de Salviac baptisa un petit Georges tôt le matin pour ne pas souffrir de la chaleur.

Quelques semaines plus tôt, le curé avait demandé à Georges Gornick d'accepter d'être le parrain d'un enfant catholique. Le bébé avait juste deux mois, et il s'appellerait Georges, si le parrain voulait bien. C'était une idée du père, dont le village avait discuté, et que le curé avait validée à l'instant même. « Comme ça, monsieur Georges, vous serez à peu près catholique ! » disait-il en riant.

En grande tenue, complet veston trois pièces, Georges fut très ému en portant le bébé, un gars bien constitué et gaillard, étonnant de vigueur en cette époque de pénurie. Triomphante, Sipa, que tout le monde appelait « Madame Cécile », avait choisi une capeline noire toute simple qui rehaussait son teint de lait et ses rondeurs.

Le dimanche 23 août, monseigneur Saliège, archevêque de Toulouse, fit lire en chaire dans presque toutes les églises de son diocèse une lettre pastorale intitulée : « Sur la personne humaine ». Il y était écrit : « Les Juifs sont des hommes, les Juives sont des femmes… Tout n'est pas permis contre ces hommes, ces femmes, ces pères et ces mères de famille. » S'adressant à la France, l'archevêque l'absolvait de ces « erreurs » », faute typographique qui fut corrigée à la main en « horreurs ».

Le 26 août dans le Sud, six semaines après la rafle du Vél' d'Hiv, commença au lever du jour la rafle des Juifs étrangers et apatrides en zone libre, comme prévu lors des négociations entre les nazis et Pierre Laval, au siège de la SS à Paris, sous l'autorité du maréchal Pétain : un minimum de dix mille Juifs à livrer à l'ennemi.

Outre les personnes de plus de soixante ans, les parents d'enfants de moins de deux ans, la liste des exemptés fut réduite aux femmes enceintes et aux anciens combattants s'étant engagés en 1939 dans l'armée française.

Laval insista pour que les enfants de deux à six ans soient déportés avec leurs parents, à des fins humanitaires, disait-il. Policiers, pompiers, gendarmes, gardes mobiles traquèrent les Juifs étrangers jusque dans les forêts, mais à midi, le résultat était insuffisant ; trois mille cinq cents Juifs, on était loin du compte. Bousquet rappela aux préfets qu'il fallait aussi déporter les enfants.

Les fuites avaient été suffisantes pour que le maximum d'enfants soient retirés de leurs familles et mis en sûreté. Des policiers français alertèrent les familles, cachèrent des petits chez eux, en aidèrent d'autres à changer de domicile.

Le 28 août, le nombre de Juifs arrêtés s'élevait à six mille cinq cent quatre-vingt-quatre, loin du chiffre négocié de dix mille. Les obstacles accumulés à la va-vite par les populations, les policiers français, les Églises protestantes et même l'Église catholique mirent fin aux rafles gigantesques projetées par Adolf Eichmann.

Le 1er septembre, les armées allemandes avaient encerclé Stalingrad d'un côté et de l'autre. L'assaut commencerait au moment où les deux armées devaient se rejoindre. Cette étape devait normalement sceller le sort de Stalingrad avant l'arrivée de l'hiver.

Quarante mille civils avaient été tués sous les bombes de l'aviation allemande, et huit cent mille demeuraient à Stalingrad. Staline avait toléré l'évacuation des femmes et des enfants, mais elle se révéla impraticable.

Le 11 septembre, leurs armées s'étant réunies, les Allemands commencèrent le siège de Stalingrad, confiants. Leur chef, le général Paulus, comptait une dizaine de jours pour en finir. La ville était en ruines, si mal partie que Radio Paris déclara que la chute de Stalingrad était imminente.

Le 12 septembre, Anton Lopatine, général de la petite armée soviétique réfugiée dans la ville, fut remplacé par Vassili Tchouïkov, qui devait recevoir l'aide de renforts presque incessants, par dizaines de milliers, les uns après les autres sans arrêter. Stalingrad tenait. Progressivement, les troupes allemandes s'effritèrent. Du 26 octobre au 2 novembre, le général Paulus déclara « épuisées » cinq divisions de combattants.

Des deux côtés, la détérioration de la nourriture et le manque d'hygiène firent bon nombre de victimes. Côté soviétique, quand la vodka n'arrivait pas dans Stalingrad, les soldats buvaient de l'alcool à 90 degrés, ou de l'antigel.

Beaucoup en moururent. Les réfugiés dans la ville n'avaient plus rien à manger. En novembre, la Wehrmacht n'avait toujours pas pris Stalingrad. Et l'hiver vint.

En octobre eut lieu une rafle de Juifs à Saumur. Alice Bloch fut arrêtée et déportée à Drancy, avec Albert et Lina Abraham. Lucien et Jeanne Haas furent pris au Coudray-Macouard et Max Bomeisl à Distré.

Furieusement hostile à la République, le préfet Roussillon considérait que la chasse aux Juifs était une impérieuse nécessité pour les policiers de sa région, et que cette sale affaire ne devait pas être laissée aux mains des Boches, avec qui il entretenait d'excellents rapports, surtout avec Ernst, le commandant SS, et la SIPO-SD, police de répression nazie, installée à Angers depuis juin et qu'il arrivait à neutraliser au bénéfice de ses bons flics français.

Ça ne dura pas. Quand il fallut arrêter les jeunes gens réfractaires à la Relève, le préfet Roussillon rechigna. Son adjoint, Robert Milliat, préfet délégué à Saumur, s'honorait d'avoir été le premier haut fonctionnaire à avoir fait graver au fronton de la sous-préfecture, rue Beaurepaire, la devise du Maréchal Pétain, ÉTAT FRANÇAIS TRAVAIL FAMILLE PATRIE. En lettres d'or.

Le 8 novembre 1942, les Alliés lancèrent l'opération Torch, le débarquement sur les côtes du Maghreb. Alger fut prise par la Résistance française, jeunes résistants courageux qui, à eux seuls, trompèrent les troupes françaises vichystes. Le gouvernement de Vichy laissa tout de suite tomber la Tunisie, manigança quelques mensonges à Alger et menaça les troupes du débarquement au Maroc, mais l'opération Torch réussit.

Le président américain Roosevelt, qui n'aimait pas du tout le général de Gaulle, avait choisi pour la suite du débarquement un autre commandant en chef, le général Giraud. Pour faire sensation, le général Giraud, qui attendait à Malte, retarda délibérément son arrivée au point de manquer la révolte d'Alger.

Non sans difficultés et bisbilles, les Forces françaises libres du général de Gaulle fusionnèrent avec l'Armée d'Afrique, qui devint l'Armée française de la Libération. L'avenir devenait possible.

Le 10 novembre, en représailles contre le débarquement des Alliés en Afrique, le Führer donna l'ordre d'envahir la zone libre. À 7 heures du matin, Radio Paris diffusa un message du Führer au peuple français :

> *L'armée allemande ne vient pas en ennemie du peuple français, ni en ennemie de ses soldats. Elle n'a qu'un but : repousser, avec ses alliés, toute tentative de débarquement anglo-américain. Avec l'armée française, ils entreprendront la défense des frontières françaises contre les attaques ennemies.*

Toute la France était désormais occupée par des soldats allemands et italiens.

Le 12 novembre 1942, le médecin-chef de la Wehrmacht entra dans la pharmacie à son heure habituelle, juste avant la fermeture. Il portait sa casquette à visière et Raymonde soupira. Comme à son ordinaire, il s'accouda devant la caisse jusqu'à ce que le dernier client ait filé en vitesse. Il se mit à parler en français, à voix basse.

« *Liebe* Raymonde, les choses vont se compliquer. La bête est foutue chez les Soviets mais elle devient encore plus dangereuse en pays occupés. Il n'y aura peut-être plus de grandes rafles, mais il y aura des arrestations à tort et de travers, comme vous dites. Je pense à vos parents.

– Ils vont bien, coupa Raymonde.

– Aujourd'hui oui, mais demandez-leur d'être prudents. La bête n'est pas la seule à se déchaîner, les Français, ceux dont vous dites “collabos”, sont devenus extrêmement… cruels. Dites aussi à votre belle-mère en Anjou qu'elle arrête ce qu'elle fait.

– Ma belle-mère ? sursauta Raymonde. Mais elle n'est pas juive !

– Non, *liebe* Raymonde, mais dans la nuit, il lui arrive de faire traverser la Loire à des résistants.

– Impossible !

– Peu importe, répondit l'Allemand dans un soupir. Cette nuit, ne dormez pas chez vous. »

Sous le choc de la révélation du docteur Schütz, Raymonde se mit à l'abri le plus près possible, dans l'appartement du Marcel double-jeu, rue Saint-Placide. Cela faisait moins à marcher et elle pouvait faire prévenir Yves par les Espiau.

Le 19 novembre, à Stalingrad, les Soviétiques lancèrent l'opération Uranus, un double encerclement des armées ennemies assiégeant Stalingrad, dont certaines n'étaient déjà plus allemandes mais roumaines, et mal préparées. Pour dissimuler leurs intentions, les Soviétiques mirent en place la *maskirovka*, une désinformation systématique héritée d'une vieille tradition de suspense et surprise datant du quatorzième siècle.

Le 23 novembre 1942, les troupes allemandes furent à leur tour encerclées par les Soviétiques. Selon le général Paulus, pour nourrir celles des forces allemandes péniblement entrées dans Stalingrad, il restait six jours d'approvisionnement et pas davantage en munitions.

Le Führer exigea une percée. L'approvisionnement par les avions allemands était presque impossible. Des soldats allemands moururent de faim. Les armées du général Paulus étaient bel et bien assiégées : trois cent mille affamés.

Le 26 novembre, l'armée allemande d'occupation en France s'apprêtait à prendre militairement la ville de

Toulon pour s'emparer de la flotte française. En pleine nuit, dans un message plein de mensonges, le Führer fit savoir à Pierre Laval qu'il allait la détruire. Le message du Führer se perdit et, à 5 h 35, l'ordre de sabordage de la flotte fut donné, non pas par des Allemands, mais par l'Amirauté du régime de Vichy, pour éviter que la flotte française ne tombe aux mains des maîtres.

À 6 h 20, le bâtiment *Provence* fut sabordé avec des Allemands à bord, et sur chaque bâtiment, les Allemands tentèrent d'empêcher le sabordage. En vain. Trois sous-marins s'échappèrent et rejoignirent les Alliés en Afrique du Nord.

Le 12 décembre 1942, commença la percée demandée à la 4e armée de panzers pour secourir la 6e armée allemande enfermée dans Stalingrad. Elle était sur le point de réussir lorsque, dans un mouvement de surprise, l'Armée rouge la força à rebrousser chemin. Le général Paulus, chef des armées, était piégé dans une ville en ruines, et sans rien à manger.

Dans les premiers jours de janvier 1943, les autorités nazies en Pologne décidèrent la liquidation totale du ghetto de Varsovie, dont la population était descendue de quatre cent cinquante mille personnes à soixante-dix mille depuis 1942. Morts de faim, tirés au fusil, malades du typhus, suicidés.

Le 30 janvier, le Führer nomma Paulus maréchal. Logiquement, il ne devait ni survivre ni se rendre. Tout le monde le comprenait ainsi, sauf l'intéressé.

Le 31 janvier, les Soviétiques découvrirent le maréchal Paulus dans une cave. Il donna en personne le signal de la capitulation.

Le 2 février, quatre-vingt-onze mille prisonniers se rendirent aux Soviétiques qui n'avaient rien prévu pour les nourrir. Des cas de cannibalisme de disette apparurent.

À Paris, le faux Samuel fit une apparition dans la pharmacie du Cherche-Midi, juste à l'heure de la fermeture, et resta seul avec Raymonde le temps de lui annoncer sur un ton triste et solennel que le Troisième Reich avait perdu la guerre. « Mais, ajouta-il avec rage, la bête est beaucoup plus dangereuse, faites très attention, *Frau* Raymonde, très attention.

– Qu'allez-vous faire ? demanda Raymonde devant sa détresse.

– Essayer de lui tordre le cou, murmura-t-il. Nous sommes quelques-uns à vouloir qu'elle disparaisse. »

Le 13 janvier 1943, dans un décret secret, le Führer déclara « la guerre totale ».

Le 14 janvier, le Premier ministre britannique, Winston Churchill, et le président Roosevelt se réunirent à Casablanca, au Maroc, et y décidèrent que les Alliés débarqueraient en Italie en 1943 et en France en 1944. L'Allemagne nazie et l'Italie fasciste devraient capituler sans conditions. Aucune négociation ne serait acceptée.

Le 18 janvier à Varsovie, au bout de quatre jours de combats de rue, les groupes de résistance juive déjà constitués et armés parvinrent à faire échouer les déportations. Le ghetto fut paralysé.

Le 16 février, pour liquider la révolte du ghetto de Varsovie, Himmler donna l'ordre de destruction intégrale à son représentant en Pologne, non sans préciser qu'il faudrait récupérer les « éléments de valeur » dans les ruines des maisons.

Le 18 février, au Sportpalast à Berlin, en présence de tout le gouvernement du Reich, dans une salle remplie de membres du parti nazi, Joseph Goebbels, ministre de la Propagande, tira les conclusions de la capitulation du maréchal Paulus à Stalingrad. Il y rendit public l'appel à

« la guerre totale pour une guerre victorieuse », définissant les armées soviétiques comme celles qui ouvraient la route aux escouades juives de la liquidation, pour préparer la « révolution mondiale des Juifs ». Face à ce danger mortel, les soldats du Reich devraient lutter jusqu'à la mort. Leurs chefs devraient faire preuve d'une sévérité exemplaire, en châtiant les passifs et les déserteurs sur place, sans faiblir.

Goebbels, qui voulait mobiliser les femmes allemandes comme soldates, les appela à « travailler » davantage. À chaque pause, il fut bruyamment applaudi par un public scandant les slogans et les chants nazis tandis que l'orateur reprenait en criant : « Maintenant levez-vous ! Et que la tempête se déchaîne ! » Radiodiffusé et tracté à quatorze millions d'exemplaires, le discours du Sportpalast avait pour vocation de rassurer les soldats et la population.

Le 30 janvier 1943, la Milice française, succédant au Service d'ordre légionnaire qui avait déjà deux ans, fut reconnue légalement d'utilité publique. Par l'intermédiaire de Pierre Laval, chef du gouvernement, le Führer demandait un renforcement de la lutte contre le terrorisme intérieur (la Résistance). Les effectifs de la Milice se comptèrent par dizaines de milliers.

Le 23 février, la Milice française s'installa officiellement en Lot-et-Garonne, le département où se trouvait

Salviac. Les miliciens français avaient gardé l'hymne du Service d'ordre légionnaire, le *Chant des cohortes* :

Pour les hommes de notre défaite
Il n'est pas d'assez dur châtiment
Nous voulons qu'on nous livre les têtes
Nous voulons le poteau infamant

Miliciens faisons la France pure
Bolcheviks, francs-maçons ennemis
Israël, ignoble pourriture
Écœurée, la France vous vomit !

Et ils en renforcèrent les pratiques, arrestations arbitraires, rafles, tortures, exécutions sans jugement, massacres. Leur combat était comme celui des nazis la lutte « contre la Lèpre juive », majuscule à l'appui.

Héros de la Grande Guerre, leur chef, Joseph Darnand, aspirait à un État totalitaire dont la Milice française, cette « nouvelle chevalerie », serait le parti unique. Leur siège en Lot-et-Garonne s'installa au château de Ferron, où la mobilisation ne fut pas gigantesque : deux cent soixante hommes tout au plus.

Le 25 février, la Gestapo de Cahors arrêta onze résistants, qui furent torturés et déportés aussitôt. Tous les réseaux avaient été unifiés dans les « MUR », Mouvements unifiés de la Résistance, gaullistes, communistes, main dans la main. Aux délateurs, ils envoyaient de petits cercueils en bois à leur nom.

La quasi-totalité des réfractaires au Service obligatoire du travail passa aux maquis en quelques mois.

Les 13 et 14 mars 1943, les Juifs du ghetto de Cracovie furent assassinés sur place ou déportés vers les camps d'extermination de Bełżec et Birkenau. Un sergent autrichien, Oswald Bosko, sauva des centaines d'enfants et l'industriel Schindler engagea dans sa fabrique d'émail un millier de Juifs du ghetto.

Le 7 avril, le Duce, maréchal d'Empire et chef de l'État fasciste, rencontra le Führer à Salzbourg. Sur le conseil du comte Ciano, son gendre, Mussolini tenta en vain de lui faire accepter le principe d'une négociation de paix avec les Soviétiques.

Le 13 avril, en Allemagne, la presse germanique rendit publiques les photos de l'immense charnier découvert dans la forêt de Katyn, non loin de Smolensk. Près de cinq mille dépouilles polonaises s'étalaient sur une grande fosse commune, abattues par des Soviétiques selon les militaires allemands qui avaient fait cette terrible découverte.

Au bout de deux jours, l'URSS rejeta les crimes sur l'armée nazie.

Informé depuis le 9 avril de l'existence du massacre de Katyn, Joseph Goebbels écrivit dans son journal le 17 avril que… « le mot JUIF sera de nouveau utilisé avec le ton dévastateur qu'il mérite ». Et en effet, dans les jours qui suivirent, la presse allemande parla de Katyn comme du « *massacre juif* ».

Il suffisait de glisser du « bolchevique » au « juif », ce n'était pas si compliqué. À la rigueur, on pouvait se contenter de l'adjectif « judéo-bolchévique ».

De sorte qu'on vit apparaître dans les journaux l'idée que le massacre de Katyn était en réalité un meurtre rituel de la race juive.

Le 19 avril, les SS et deux mille policiers entrèrent dans le ghetto de Varsovie avec des chars, de l'artillerie et des lance-flammes. La démolition devait prendre trois jours, et il fallut quatre semaines. Face aux milliers de policiers et de SS, les forces juives n'étaient que de neuf cents hommes, avec des armes fournies par l'Armée intérieure polonaise.

Le 19 avril également, le convoi 1223, rempli de presque deux mille Juifs entassés dans des wagons à bestiaux, quitta la gare de Malines, en Belgique occupée, à destination d'Auschwitz. Le Comité de défense des Juifs organisé par la résistance belge réussit à attaquer le train avec l'aide de l'Armée belge des partisans.

Le machiniste qui conduisait le train avait compris le destin des déportés. Il décida d'appliquer le règlement à la lettre : ralentir dans les tournants, mise au pas de la locomotive dans les passages à niveau, et surtout, arrêt complet lors d'un signal au rouge. Pour stopper le train, ils n'étaient que trois, armés d'un unique pistolet de sept cartouches et d'un lumignon camouflé en rouge. Sous le feu de la police allemande, ils ouvrirent les wagons et deux cent trente et un déportés s'échappèrent… Cent treize d'entre eux survécurent.

Le 16 mai, le soulèvement des Juifs du ghetto de Varsovie fut écrasé. Sept mille habitants du ghetto furent tués, six mille furent déportés et gazés. Mais de petits groupes de résistants parvinrent à sortir du ghetto et rejoignirent les partisans polonais dans les forêts.

Le 27 mai, à Paris, rue Dufour, naquit le Conseil national de la Résistance en présence de Jean Moulin, le représentant du général de Gaulle, surnommé Max.

Le 5 juillet 1943, Himmler donna l'ordre de destruction totale du camp de Sobibór, condamnant du même coup à la mort le *Sonderkommando* juif chargé de l'accueil, de la mort et de la récupération des dents en or.

Le 9 juillet commença en Sicile l'opération Ladbroke, signal du débarquement des Alliés. Elle se déroula difficilement, soixante planeurs sombrèrent pour avoir été lâchés trop tôt par l'avion de remorquage américain. Mais elle finit par réussir et les Alliés envahirent la Sicile.

Le 10 juillet, au Thoureil, un gros corps ballonné où scintillait du métal s'échoua le long d'une grève. Raymonde prenait un bain de soleil tandis que sa fille continuait à échafauder des châteaux avec du sable mouillé. « Maman, maman, t'as vu ? » s'écria la petite fille. Raymonde releva la tête et se dressa d'un coup.

« Viens, on s'en va, dit-elle dans un souffle. Et plus vite que ça.

– Mais pourquoi ?

– À cause des mouches.

– Mais tu dis toujours ça, qu'est-ce que ça veut dire ?

– Ça veut dire que je ne peux pas t'expliquer.

– Il est mort, le gros type ?

– Tais-toi donc… »

Raymonde donna l'alerte. C'était un soldat boche.

Depuis la défaite de Stalingrad, Heinrich Himmler ne se contentait pas d'obéir aux ordres. Il préparait son avenir et cherchait à négocier son sort avec les Alliés.

L'urgence était plus que jamais d'effacer les traces des tueries de masse.

À Sobibór, il fallut exhumer des centaines de milliers de cadavres des fosses communes : ils avaient gonflé, attiré les insectes, et leur décomposition répandait une odeur effrayante. On les brûla nuit et jour sur de grands bûchers et à la puanteur de la décomposition des corps s'ajouta l'odeur de la chair grillée.

Le 17 juillet 1943, au Thoureil, Pierre épousa la très brune et très sublime Huguette, fille d'un fonctionnaire de la SNCF, ce qui plaisait beaucoup à son beau-père Louis.

Ce jour-là, en pleine occupation allemande et alors que le fiancé travaillait encore dans les mines de charbon des Malécots, Louis revêtit une jaquette, Yvonne une longue robe de tulle bleu marine bouffante sur satin et un chapeau couvert de fausses violettes accompagné d'une voilette retombant sur l'épaule. Elle fit porter à la fillette une robe de mariée miniature en satin blanc, reproduisant la toilette de la fiancée au beau sourire.

On se rendit en cortège à l'église du Thoureil pour une messe chantée, le soleil était éclatant, et de retour à la maison, on mangea. Tant et plus. On but aussi, beaucoup. Le soir, après que les nouveaux mariés se furent retirés dans leur chambre au Thoureil, le groupe des amis du couple, un tantinet pompette, prépara le pot de chambre traditionnel et le remplit de vin chaud aux épices, pour le leur porter à minuit.

Mais quand les conjurés pris de boisson ouvrirent en criant la porte des mariés, les mariés n'y étaient pas. Ils s'étaient cachés sous une tente là-haut sur la colline où finalement, à l'aube, ils furent débusqués à temps pour la photo.

Les festivités du mariage durèrent encore deux ou trois jours. En cette période de privations, tous les cousins-cousines des deux familles ainsi que leurs amis, installés sous des tentes ou en dortoirs improvisés, formaient un petit peuple d'affamés. Ils avaient faim. Faim de gras, de viande rouge, de brochets et de tanches, faim de rillettes, de jambon fumé, de sucre, de compotes, de cerises à cueillir directement aux cerisiers, faim de vie et de vin. Il leur fut donc servi :

– le 16 juillet, veille du mariage : potage, foie de veau, pommes de terre, côte de veau, salade, œufs à la neige ;

– le 17 juillet, jour de fête : hors-d'œuvre, coquilles de langouste mayonnaise, filet de bœuf aux champignons, dinde à la broche, poulets de grain, petites pommes de terre nouvelles, galantine de volaille, salade, cerises Melba, et pour le soir au dîner : potage, escalopes de veau, gigot d'agneau, haricots à la bretonne, salade, gâteau de riz, champagne, liqueurs ;

– et le 18 juillet 1943, le lendemain du mariage : potage, côte de veau, pommes de terre nouvelles, pâté de lapin, salade, fruits rafraîchis, vins du pays d'Anjou.

Une grande bouffe incommensurable, vivante parenthèse pendant la guerre. Voilette de tulle bleu et escalopes de veau, jaquette et dinde à la broche, haricots verts très fins et cérémonie nuptiale, grosse biture et coquille de langouste. Juste comme il fallait pour honorer un acte de courage : se marier en 1943, faire fi des bombes.

Le 16 juillet, un groupe de dirigeants fascistes demanda la réunion d'urgence du Grand Conseil du fascisme, qui n'avait pas été réuni depuis 1939. Le 19 juillet, à Rome, les bombardements firent trois mille morts et dix mille blessés.

Le 22 juillet, les Alliés prirent Palerme, en Sicile.

Le 24 juillet, le Grand Conseil du fascisme déposa le Duce en sa présence et vota le transfert de ses pouvoirs au roi d'Italie, Victor-Emmanuel III de Savoie, qui le remplaça immédiatement et le fit arrêter. Les négociations de paix séparée avec les Alliés commencèrent aussitôt.

Le 28 juillet, les avions britanniques, en bombardant Hambourg, firent quarante-deux mille victimes allemandes. Des civils.

Le 2 août, après une épidémie de typhus, constatant que le nombre de déportés baissait et que leur tour allait arriver, le *Sonderkommando* du camp d'extermination de Treblinka se révolta. Méticuleusement préparé au départ par cinq Juifs dont un kapo, leur chef de *Sonderkommando*, le soulèvement avait commencé par soudoyer les gardes ukrainiens, puis amasser de grosses sommes d'argent grâce aux prisonniers chargés de dépouiller les corps, le tout avec un membre chargé de transmettre les informations à la petite dizaine de conjurés. En avril 1943, ils avaient volé des armes directement dans le dépôt de munitions.

À 18 heures le 2 août, une grenade à main explosa, c'était le signal. Quatre cents prisonniers se soulevèrent. Contrairement à leurs engagements, les gardes ukrainiens mitraillèrent les insurgés. Mais deux cents déportés s'échappèrent, bientôt rattrapés par les SS.

Une soixantaine de prisonniers survécurent.

Le 5 août 1943, le préfet Roussillon fut viré par l'occupant et expédié en Charente. Charles Donati, son successeur comme préfet du Maine-et-Loire, collabora encore davantage.

Le 21 août 1943, dans le camp de Treblinka, les SS gazèrent deux trains entiers de Juifs d'Europe et démantelèrent Treblinka. Yankel Wiernick, membre du comité d'organisation et l'un des soixante survivants, fit imprimer un rapport destiné à être publié à Londres en yiddish et en anglais.

Le 28 août, les autorités nazies lancèrent un ultimatum au Danemark, sommé de sanctionner par la peine de mort les sabotages de la Résistance et les grèves de plus en plus nombreuses.

Le lendemain, le gouvernement danois démissionna et les nazis gouvernèrent directement le pays. Mais dans la synagogue, aux premiers offices, à la veille du nouvel an juif, le grand rabbin provisoire avertit publiquement les fidèles et leur demanda de se cacher au plus vite. Ils étaient presque huit mille. Les fonctionnaires de l'administration danoise sous tutelle avertirent de leur côté les noms juifs trouvés dans l'annuaire téléphonique.

Le 3 septembre, les forces alliées débarquèrent à Reggio di Calabre, en Italie.

Le 8 septembre 1943, fut rendu public l'armistice entre l'Italie et les Alliés.

Le 10 septembre, l'armée allemande occupa Rome. Le roi fit une déclaration sur Radio Bari confirmant l'armistice et son exil dans le Sud. « Que Dieu assiste l'Italie dans cette heure grave de son histoire », avait conclu le roi. Le 11, l'armée allemande occupa tout le nord et le centre de l'Italie. Sept cent mille Italiens furent faits prisonniers. Quinze mille d'entre eux seront massacrés.

En Sicile, les Alliés avaient attaqué Tarente et Salerne.

Le 12, Benito Mussolini, libéré par un commando allemand, rencontra le Führer. Il fut décidé de fonder une République sociale italienne, revendiquant Rome pour capitale et s'installant dans la petite ville de Salò, au bord du lac de Garde. L'Italie vivait une guerre civile : au Nord les Allemands et Mussolini, au Sud le roi et les résistants. Rome demeurait la capitale sous occupation nazie.

Le 15 septembre à Paris, le docteur Schütz entra dans la pharmacie d'un pas vif et presque en courant, il toucha sa visière pour saluer Raymonde. Il reviendrait à l'appartement le soir même d'accord ?

D'accord. En civil. Alcool de prune. Déplia un papier qu'il tendit à Yves.

C'était une dénonciation en bonne et due forme, signé par un autre pharmacien de la rue du Cherche-Midi, au motif que Raymonde recevait une grosse clientèle des armées allemandes au détriment financier des autres pharmacies.

« Je ne suis pas dénoncée comme Juive ? dit Raymonde.

– Pas du tout, répondit le faux Samuel. Mais ça pourrait arriver. Sans doute avez-vous compris que je m'occupe de surveiller les réseaux de résistance, eh bien, les dénonciations signées par des Français commencent à s'entasser dans nos bureaux.

– Que faire au sujet de ce machin ? demanda Yves.

– Oh, rien. Raymonde est propriétaire d'une pharmacie centrale, et c'est un statut différent. Ce courrier m'est arrivé tout à fait normalement et de même, j'y répondrai sans déroger à mon devoir de soldat. Mais…

– Quoi ! jeta Raymonde. Quoi ? Parlez !

– Les choses se tendent, murmura le faux Samuel. Cet homme, vous savez, cette bête affreuse, va demander plus de Juifs au maréchal Pétain, encore et encore, pour qu'ils soient livrés à mon pays. Prévenez vos parents. Il faut qu'ils soient très très prudents.

– Et pour ce papier ?

– Je m'en occupe, dit le faux Samuel d'une voix coupante. Ne faites rien. »

L'atmosphère s'alourdit. Le docteur Schütz n'était pas comme d'habitude. Il partit presque sans dire au revoir, claquant des pieds et main à la visière absente, comme s'il voulait rappeler aux deux jeunes gens qu'il était un soldat, qu'il leur faisait la guerre et que ce n'était pas facile de sauver X tout en fusillant Y et Z.

Le 21 septembre, Georges Gornick reçut à Salviac un ordre de mission signé du maire de Salviac le réquisitionnant pour assurer la garde des voies ferrées le 24 septembre, de 14 heures à 21 h 30, en se présentant à la gare de Dégagnac à 14 heures. Georges Gornick fut très fier et très heureux de pouvoir venir en aide à son pays, et se rendit sans aucune méfiance à Dégagnac. C'était rassurant.

Le 23 septembre, au camp d'extermination de Sobibór, un seul convoi de Juifs biélorusses arriva par train. Les déportés juifs avaient entendu parler de la révolte du camp de Treblinka. Puisque ceux qui restaient à Sobibór étaient des « Juifs de travail » en *Sonderkommando*, ils comprirent que leur tour arrivait et se préparèrent à l'insurrection sous la conduite d'un lieutenant de l'Armée rouge, prisonnier de guerre russe juif, qu'ils prénommèrent « Sacha ».

Le 24 septembre, Himmler envoya un télégramme secret à Herbert Kappler, dignitaire SS commandant la Gestapo de Rome : « Tous les Juifs, sans distinction de nationalité, âge, sexe et condition, devront être transférés en Allemagne où ils seront liquidés. Le succès de l'entreprise devra être assuré par l'effet de surprise. »

Le 26 septembre, Kappler convoqua le grand rabbin de la communauté et son président. Moyennant cinquante kilos d'or à lui remettre dans un délai de trente-six heures, le commandant SS promettait la vie sauve aux Juifs de Rome. Sinon, deux cents seraient déportés, puis toute la communauté.

La collecte de l'or fut suffisante, à quoi le Vatican ajouta un prêt – officieusement. L'or fut pesé, deux fois, et expédié à Berlin. Kappler trouvait difficile la rafle des Juifs de

Rome, mais on lui répondit : « L'extirpation immédiate et complète des Juifs en Italie est primordiale. »

Le 2 octobre, en l'annonçant à la radio, le gouvernement suédois donna son accord pour recueillir tous les Juifs du Danemark. Pour y parvenir, il fallait affronter dans le brouillard une navigation d'une heure entre la Zélande et la Suède. Le grand rabbin de Suède surveilla le sauvetage, œuvre collective des Danois.

Le transfert des Juifs au Danemark se ferait clandestinement par bateaux de toutes sortes, grands bateaux de pêche, kayaks ou chaloupes. Avec l'aide de la Résistance danoise, les très jeunes et les plus vieux furent embarqués dans des wagons qui prenaient le ferry, wagons soigneusement refermés avec des sceaux allemands.

Le 3 octobre fut le jour des Églises. Dans chacune d'entre elles, les fidèles entendirent une lettre pastorale affirmant que la persécution des Juifs allait contre les Évangiles, et promettant le soutien des chrétiens à leurs sœurs et frères juifs. L'accueil des Suédois fut exceptionnel. Ils envoyèrent des bateaux éclairés pour guider les embarcations des fugitifs, ils mirent de la lumière partout dans leur ville et chantèrent avec les Juifs danois les deux hymnes nationaux, de la Suède et du Danemark.

Le 4 octobre, à Posen, en Pologne occupée, Himmler fit un discours de trois heures devant le gratin de ses officiers SS.

Pour commencer, il les avertit qu'en public on ne devrait plus jamais en parler, pas plus que du 30 juin 1934, « date à laquelle nous n'avons pas hésité à faire notre devoir comme on nous l'avait ordonné et à mettre nos camarades qui s'étaient montrés indignes contre un mur et à les exécuter ». Question de tact. Puis il enchaîna : « Je voudrais parler de l'évacuation des Juifs, de l'extermination du peuple juif. Voilà une chose dont il est facile de parler.

« "Le peuple juif sera exterminé" dit chaque membre du parti, c'est clair dans notre programme : élimination des Juifs, extermination, nous le ferons. Et puis ils arrivent, les quatre-vingts millions de braves Allemands, et chacun a son "bon" Juif. Pas un de ceux qui parlent n'a vu ce qui se passe. Pas un n'était sur place. La plupart d'entre vous savent ce que c'est un monceau de cent cadavres ou de cinq cents ou de mille. Être passé par là et – excepté les cas de faiblesse humaine – être resté correct, voilà ce qui nous a endurcis. C'est une page de notre histoire qui n'a jamais été écrite et qui ne le sera jamais, car nous savons combien il serait difficile pour nous aujourd'hui – sous les bombes, les privations et pertes de guerre – d'avoir encore des Juifs dans chaque ville agissant comme saboteurs, agitateurs et fauteurs de troubles. » Personne n'émit d'objection.

Le 6 octobre, il recommença pendant une heure trente et revint sur la dureté de l'extermination des Juifs. « Il a fallu prendre la grave décision de faire disparaître ce peuple de la terre. Ce fut pour l'organisation qui dut accomplir cette tâche la chose la plus dure qu'elle ait connue. Je crois pouvoir dire que cela a été accompli sans que nos hommes ni nos officiers en aient souffert dans leur cœur et leur âme. »

Le 7 octobre, Joseph Goebbels écrivit dans son journal, à propos de l'extermination des Juifs, sur laquelle il n'était pas totalement informé : « Même si c'est la solution la plus brutale, c'est aussi la plus logique. Car nous devons assumer la responsabilité d'avoir réglé entièrement cette question pour notre temps. Les générations futures n'oseront certainement plus aborder ce même problème avec le même courage et la même conviction que nous. »

Le 14 octobre 1943, le *Sonderkommando* de Sobibór se révolta. Guidé par « Sacha », les déportés désarmèrent des gardiens, tuèrent une dizaine de SS et de gardes ukrainiens, et à l'heure de l'appel, 16 heures, plusieurs centaines d'entre eux s'échappèrent, mais il n'y eut que cinquante-trois survivants.

Les autres, tous les autres, sautèrent sur les mines qui entouraient le camp ou furent assassinés par les SS.

Le même jour, un samedi, en plein shabbat, mille deux cent cinquante-neuf Juifs furent arrêtés à Rome, sans qu'aucun Italien participe à la rafle, au point que le commandant SS Kappler se plaignit de la résistance passive italienne et de l'aide qu'elle apporta en cachant de nombreux Juifs. Deux cent trente-sept d'entre eux furent libérés, des *Mischlinge* pour la plupart, d'autres relevant du Vatican.

Le pape Pie XII connaissait une grande partie de la vérité. Il avait même alerté les Alliés, en vain. Des alertes sur le gazage des Juifs, les Alliés en reçurent beaucoup. Personne n'y croyait. Trop invraisemblable et puis d'abord la guerre, la guerre avant tout ! Bombarder les camps ? Il fallait des avions capables d'aller jusqu'en Pologne, et puis on risquait des victimes parmi les prisonniers. Les porteurs de messages étaient désespérés. Ils avaient beau expliquer que personne n'échappait à la mort dans ces endroits-là, les chefs, tous les chefs, affirmaient qu'ils ne pouvaient rien faire. Gagner la guerre d'abord.

On verrait après.

Le 17 octobre, le pape fit demander en vain la libération des Juifs baptisés, menaça les nazis d'une condamnation publique, mais y renonça.

Le 19 octobre, en Union soviétique, se déroula la troisième conférence de Moscou avec les ministres des Affaires étrangères des Alliés et un représentant de la République de Chine populaire. Elle s'acheva sur la déclaration de Moscou, avec quatre sujets : la création d'une organisation générale de tous les États pacifiques, l'engagement de poursuites judiciaires contre les atrocités de l'Allemagne nazie, l'annulation du rattachement de l'Autriche à l'Allemagne, et l'éradication du fascisme en Italie.

Au Thoureil, dimanche était naturellement le jour de la messe dans la petite église romane. Yvonne se parait d'un chapeau, choisissait la plus smockée des robes à smocks de sa petite-fille, lui posait sur la tête une mantille blanche. Rose chantait dans la chorale avec une jolie voix de soprano et, malgré l'interdiction, Joseph chassait. C'était souvent le jour des fougères : quand elles émergeaient, leur crosse fournissait un plat de légumes, et l'on trouvait près d'elles des champignons. On y allait. La petite fille aimait se glisser dans les fougères et dénicha souvent ce qu'elle appelait des œufs, tout blancs, qui faisaient hurler de rire Joseph et Yvonne. Ces œufs de champignons iraient se développer sous la figure de satyres puants, de forme phallique, et à l'odeur appropriée. La fillette ne comprenait pas pourquoi elle devait les jeter, ni pourquoi c'était drôle. Joseph lui donna le nom, et elle allait répétant sa-ty-re-pu-ant. Rose, elle, ne riait pas. Au couvent de son enfance, on ne plaisantait pas avec des choses sales.

Peu de choses signifiaient la guerre. On mangeait de la fougère et Rose, à son insu, chantait un hymne royaliste avec candeur. « Sauvez sauvez la France, au nom du Sacré Cœur… » Dieu étant honoré en ses trois personnes, le moine qui célébrait la messe buvait des coups au bistrot du Thoureil, à trois pas de l'église. Pour rentrer au monastère de Saint-Maur, il fallait marcher pendant une petite demi-heure. On dût plusieurs fois le ramasser dans une brouette et hop !

Le 22, à 23 heures, dans le camp d'Auschwitz, après la sélection des travailleurs valides, le groupe italien des personnes âgées et enfants fut gazé avant l'aube.

Le 25, le pape envoya une directive à tous les religieux et ecclésiastiques d'Italie leur enjoignant d'accueillir les Juifs persécutés dans les édifices religieux, même les catacombes.

Il n'y eut plus de rafles à Rome.

Le 21 octobre, à Salviac, Georges Gornick reçut du maire de Salviac une deuxième réquisition pour être de garde à la gare le 26 octobre à 13 heures. L'arrière-saison était ensoleillée, Georges était content d'être utile, il voulut emmener sa femme pour la distraire un brin, mais il se ravisa. Qu'allait-elle faire pendant cinq heures ?

Le 31 octobre, Sipa Gornick écrivit à sa fille qu'elle n'y voyait plus, qu'elle devait aller voir l'oculiste à Cahors car à Salviac, on ne trouvait rien. Elle demandait aussi si la petite fille se souvenait de « *Babouchka ia tibia loubliou* ».

Au Thoureil, la petite fille allait à l'école depuis la rentrée de septembre. L'école publique étant située sur le bord de la Loire et l'école privée au bout d'un long sentier dans les hauteurs, l'enfant fut placée chez les catholiques. Yves et Raymonde donnèrent évidemment leur accord : d'abord c'était partie intégrante du pacte tacite des deux familles au moment de leur mariage, ensuite c'était bien mieux en termes de sécurité.

Intérieurement

Mlle Fougère, elle s'appelle comme une plante. Elle me souffle dans le nez un air chaud, très chaud, on dirait un mouton. Maman dit toujours qu'un souffle chaud veut dire qu'on a la fièvre, est-ce que la Fougère a la fièvre ? Est-ce qu'il faut que je le dise à Mamie ? Elle n'est pas bien habillée mais elle est gentille très gentille. Sauf quand elle veut m'apprendre à lire, mais je sais lire ! Elle voit bien que je lis toute seule ! La Fougère refuse de le croire, alors elle essaye de me faire tromper et ça marche pas. Elle demande qui m'a appris à lire et quand je réponds « les bombardements mademoiselle », elle pince ses lèvres. Je n'y peux rien, moi ! C'est pas ma faute si ça s'est mis en place tout seul. Lire m'a toujours fait du bien dès que j'ai su. Quand ? Alors ça je ne sais pas. Après les obus sur le petit bois d'en haut.

Le 3 novembre, conformément aux ordres de Himmler sur l'anéantissement des centres de mort, commença la fin de l'opération Reinhardt, appelée « fête de la Moisson » : il s'agissait de liquider quarante-cinq mille Juifs dans le district de Lublin, en Pologne occupée, et plus vite que ça. Les SS encaissaient décidément trop d'insurrections dans les camps de la mort. On finirait avant la fin de l'année, comme prévu.

Le 11 novembre 1943, dans la France occupée, le chantier de fabrication de traverses de Biars, dans le Lot, s'arrêta à 11 heures du matin. À Figeac, l'usine Ratier débraya et le sous-préfet, ahuri, vit arriver deux ouvriers interpellés devant le monument aux morts, où ils se recueillaient. Il les relâcha.

À Bagnac, vingt maquisards descendirent d'un camion et s'en furent, tous au pas, déposer une gerbe au monument aux morts, pour une minute de silence. À Marcillac, la commémoration commença à 10 heures du matin et fut suivie d'un banquet champêtre. Pas un gendarme en vue. Le commandant des gendarmes du Lot était le chef du réseau gaulliste de résistance.

Le 22 novembre eut lieu la conférence du Caire avec Churchill, Roosevelt et Tchang Kaï-chek, chef du gouvernement de la République de Chine, partenaire étroitement associé. La conférence portait sur le Japon. Dans les accords de paix en préparation, le Japon serait contraint par la force à la capitulation sans condition, devrait rendre tous les territoires occupés, y compris les îles du Pacifique occupées depuis 1914, la Mandchourie et Taïwan. La Corée serait libre et indépendante.

Le même jour, au Thoureil, Huguette annonça à son jeune mari qu'ils attendaient un enfant. Elle qui avait à cœur d'aller aux Malécots tous les jours porter le déjeuner de son homme à vélo, est-ce qu'elle allait pouvoir continuer ? Mais Huguette était la bravoure incarnée et elle continua ses trajets à vélo, allongeant ses jambes interminables et pédalant aller-retour plus de vingt kilomètres.

Le 28, quelques jours plus tard, commença la conférence de Téhéran à l'ambassade de l'URSS. Pour la première fois, des portraits officiels représentèrent « les Trois Grands » leaders parmi les Alliés : Staline, Roosevelt, et Churchill, affalé dans un fauteuil de style Loulou ramastachar. Au bout de quatre jours, les Trois publièrent un long communiqué.

> *Nous, le président des États-Unis d'Amérique, le Premier ministre britannique et le chef du gouvernement d'Union soviétique venons de conférer pendant quatre jours en cette capitale de notre allié l'Iran, et avons défini et confirmé notre politique commune.*

Ils refusèrent un nouveau débarquement sur les côtes italiennes pour renforcer les forces commandées par le général Montgomery, décidèrent que les forces soviétiques marcheraient vers l'ouest pour empêcher les armées nazies de l'Est de se replier sur la France, et enfin que le débarquement des forces américaines aurait lieu en Normandie en 1944.

Le communiqué se poursuivait avec le chapitre « Paix » : dans la concorde de tous les peuples, on bâtirait une paix qui éviterait le fléau de la guerre pour de nombreuses générations.

Il s'achevait par une confirmation : « Nulle puissance au monde ne saurait nous empêcher de détruire les armées allemandes sur terre, les sous-marins allemands en mer, les usines allemandes par la voie des airs. Notre attaque sera implacable et d'une vigueur sans cesse accrue. » Signé le 1er décembre 1943.

Cette fois la paix était envisagée. Cette fois, l'avenir concernerait « la famille mondiale des nations démocratiques ». Et pour cette fois, le dirigeant soviétique avait accepté de rouvrir les mosquées d'Ouzbékistan et de les rendre à leur culte.

Le 16 décembre à Weimar, en Allemagne, Himmler revint une fois de plus sur la difficulté de l'extermination des Juifs, devant des commandants de la marine de guerre. « Je crois que vous me connaissez suffisamment, messieurs, pour savoir que je ne suis pas assoiffé de sang et que je ne prends aucun plaisir à accomplir quelque chose de pénible. Mais j'ai un système nerveux suffisamment solide et une conscience de mon devoir suffisamment développée – j'ai cette prétention – pour accomplir sans compromis une chose dont j'ai reconnu la nécessité. »

Le 24 décembre 1943, le général Eisenhower fut nommé commandant en chef des forces alliées du futur débarquement en Normandie.

Le 4 janvier 1944, commença l'attaque de la ligne Gustave, défense fortifiée allemande située sur la chaîne des Abruzzes, le point central étant le mont Cassin, colline d'à peine six cents mètres de haut. Trois mille bombardements américains lancèrent des raids successifs contre les routes occupées par les Allemands.

Le 11 janvier, en compagnie de dignitaires fascistes ayant voté la destitution du Duce par le Grand Conseil fasciste, le comte Gian Galeazzo Ciano, gendre de Mussolini et ancien ministre des Affaires étrangères, fut jugé pour haute trahison à Vérone, alors aux mains de la République sociale italienne (capitale Salò).

Mussolini avait nommé comme juges neuf de ses compagnons fascistes capables de voter la mort de son gendre : le comte Ciano avait voté la destitution de son beau-père. Mussolini n'avait pas demandé l'exécution de son gendre, mais il l'avait acceptée en échange de la liberté de ses enfants. Sombre famille de l'Italie.

Ciano arriva au tribunal entre deux SS. À l'époque, Himmler avait prévu une opération pour le faire libérer (car Ciano avait tenu son journal), mais le complot n'aboutit pas.

Le 14 janvier, le comte Ciano fut exécuté en compagnie des autres condamnés. Les SS présentèrent les recours en grâce à l'ancien Duce après l'exécution.

Le 20 janvier 1943, en France, une loi autorisa la Milice française à constituer des cours martiales composées de trois juges anonymes avec exécution immédiate de la peine de mort. Le nombre d'agents de la Gestapo dans le Lot-et-Garonne n'ayant jamais dépassé quinze, on en déduisit que le nombre de délateurs était considérable dans ce département.

Le même jour, à Montreuil-Bellay, Mathilde Mariopolsky fut arrêtée et déportée.

À Salviac, vers la mi-février, à l'heure où les tiges de coucou pointaient le nez, la patronne de l'Hôtel de l'Univers passa des heures à nettoyer les tables d'un coup de torchon, une par une, d'un air préoccupé. Assis à la terrasse, Georges Gornick remarqua son manège et demanda s'il y avait du nouveau. Or c'était le cas. La patronne s'approcha de lui pendant que sortait le bedeau de la paroisse.

« Les Boches nous surveillent jusqu'ici, dit-elle à mi-voix. Lui, je parie qu'il en est.

– Le bedeau ? Vous rêvez, ma bonne amie ! dit Georges. Il ne ferait pas de mal à une mouche !

– C'est que les autres ont le feu au cul en ce moment.

– Le débarquement en Normandie ? demanda Georges.

– Pffft ! Il s'agit bien de ça. C'est à cause des maquis. Ils sont sur les dents.

– Qui ça ?

– La Résistance, je vous dis ! Ils ont été regroupés, et ils s'apprêtent. Alors ça énerve les Boches, comprenez-vous. Ils en ont exécuté neuf d'un coup à Marmande.

– Neuf ! Qui ça ?

– On ne sait pas trop. Des étrangers, des Italiens, je crois. Méfiez-vous, monsieur Georges. On ne sait jamais. Je vous sers de la prune ? Mais qu'est-ce qui vous arrive ? »

Georges avait perdu connaissance et s'était bruyamment renversé avec sa chaise. La patronne se précipita Monsieur Georges monsieur Georges ! et le secoua de toutes ses forces. Une bonne claque, et voilà que Monsieur Georges avait rouvert les yeux. Elle le releva difficilement, ses bras avaient l'air tout mous, elle le fit asseoir et lui versa un verre d'eau-de-vie. Tenez, allez monsieur Georges !

« ... peux pas, souffla-t-il. Mon bras. »

Elle regarda attentivement sa bouche et vit qu'elle était tordue. Alors sans hésiter, elle lui ouvrit les lèvres, et versa l'alcool fort. Georges toussa, éternua, avala, respira mieux. La bouche était presque revenue à l'identique. « Voilà-t-y pas qu'il nous fait une attaque, je vais appeler le docteur mais je ne peux pas le laisser seul marmonnait la patronne, monsieur Georges levez les deux bras s'il vous plaît... »

Georges se crispa et leva les deux bras. Le droit tremblait un peu.

« Ça va mieux, ma chère.

– Je vais chercher le docteur, dit-elle, installez-vous ne bougez pas. Oh et puis non. Vaut mieux vous allonger je vais vous aider à monter…

– At-ten-tion à ma femme, bredouilla Georges.

– Il y a une chambre libre au premier. Je ne dirai rien à Madame Cécile. »

Il s'allongea. Son bras était encore très lourd. Mais la patronne jura qu'il avait meilleure mine. Reposez-vous…

Le soir, elle en parla au patron. Il aurait fallu qu'il aille se faire examiner par le docteur, mais est-ce que c'était prudent, c'était une autre histoire. Le patron décida d'en parler au Grand Georges, le chef de la Résistance dans le département.

Depuis que le STO était devenu obligatoire, les réseaux de résistance devenaient innombrables dans les causses, les bois épais, dans les lieux-dits. Les réfractaires au STO défilaient dans les villages isolés en chantant *La Marseillaise* et *L'Internationale*, tout le monde savait que le parti communiste était à la manœuvre, recrutant même un curé pour la distribution des paquets de tracts.

Le 1er mars, M. Cabanel, le patron de l'Hôtel de l'Univers, revint de Cahors où il avait glané des renseignements sur la Gestapo. Les Boches étaient contents. On leur envoyait la 2e division SS *Das Reich*, connue pour sa férocité militaire, dont les soldats allaient se refaire une santé à Cahors. Neuf mille hommes ! De quoi terrasser les résistants, ces bandits terroristes.

Dans les maquis, on s'inquiétait. On attendait le signal de l'insurrection générale. Radio Londres n'en finissait pas d'annoncer le débarquement des Alliés du côté de Calais et les Boches ne se contentaient plus de contrôler. Ils déportaient. Il essaya d'en parler à M. Gornick, mais comme il avait eu une petite attaque, il fut prudent. Georges était bien rétabli, il n'avait aucune séquelle, mais les émotions ne lui étaient pas recommandées.

Le patron se contenta d'expliquer qu'il fallait être discret tant que le débarquement des Alliés n'aurait pas eu lieu. Georges fit mine de s'étonner, comment ça, il n'était pas suffisamment discret ? Bon, il jouait aux cartes sur la petite terrasse, mais enfin, l'Hôtel de l'Univers était si près de l'église de Salviac que Georges et Cécile, en jouant, se sentaient protégés.

« Est-ce que je dois redonner de l'argent aux Mouvements ? demanda Georges Gornick.

– Ils n'ont rien demandé, monsieur Georges, rien du tout. »

Le 19 mars 1944, le Führer donna l'ordre d'occuper la Hongrie, où vivaient cinq millions de Juifs d'Europe, sans trop d'inquiétudes.

Ce même 19 mars, dans la soirée, à Budapest, les dirigeants de la communauté juive reçurent une convocation pour une réunion le lendemain matin avec le *Sondereinsatzkommando* chargé des questions juives. Ils s'y rendirent pour s'entendre dire qu'ils devaient désormais former un conseil juif et préparer l'inventaire des biens immobiliers de la communauté – sans quitter la ville, bien entendu.

Le 20 mars, dans le Lot-et-Garonne, la Gestapo publia une affiche promettant une prime à ceux qui dénonceraient les Juifs et les résistants.

Le 21 mars, les Juifs de Budapest reçurent l'ordre de donner aux nazis des couvertures et des matelas. Puis des machines à écrire, de la lingerie féminine, des œuvres d'art, de l'eau de Cologne, un piano.

Le 28 mars, deux hommes se présentèrent à la Gestapo de Cahors pour dénoncer un nid de Juifs réfugiés à Salviac. On les questionna : preuves qu'ils étaient juifs ? Ils parlent mal français, ils parlent allemand entre eux. Ils ont des tas de fourrures quand il fait froid. Leurs noms ? Gornick, monsieur et madame, Lévy Jacques et sa fille Minouche et monsieur Weill, célibataire. Où les trouver ? Hôtel de l'Univers. C'est tout ? Non. Il y en avait d'autres, deux dames et une famille avec une fillette. Leurs noms ? Sirota et un autre nom bien étranger.

« Vous toucherez vos primes quand on les aura arrêtés », dit le secrétaire général de la Gestapo de Cahors.

Le 29 mars, à la tombée du jour, deux jeunes gens vinrent demander les Gornick à l'Hôtel de l'Univers.

« C'est pour quoi ? demanda Cabanel.

– Les prévenir. Vite, mon vieux, ne traînez pas. »

Georges descendit le premier. Ces hommes avaient une drôle de dégaine, avec leur vareuse d'hiver quand il faisait si bon. Si jeunes ! Il s'assit à sa place habituelle sur la terrasse, frappé d'admiration chaque jour par la beauté du clocher de l'église. Il écouta attentivement ce que lui disaient ces jeunes, et qu'il avait du mal à croire. Lui et Sipa, dénoncés à la Gestapo ? Mais tout le monde l'aimait à Salviac ! Même pour une prime, il ne voyait strictement personne capable d'un tel acte !

Les autres familles juives étaient déjà parties se cacher dans les fermes sur les Causses. Même ses belles-sœurs Bella et Tania avaient accepté de partir ! Il fallait se cacher maintenant !

Georges attendit que sa femme ait descendu ces foutus escaliers si raides qui l'incommodaient tant. Les jeunes maquisards répétèrent devant elle la gravité de leur alerte et la fuite éperdue des autres Juifs de Salviac.

« Alors, mon petit pigeon, qu'est-ce que tu penses ? dit Georges.

– Il faut partir ? Là, tout de suite ? Mais faire les valises d'abord, enfin voyons !

– On n'a pas le temps madame Cécile, ça non, il faut se presser.

– Surtout pas trop de valises ! dirent les partisans.

– Je suis trop fatiguée, gémit Sipa, les larmes aux yeux. Et je veux faire les valises d'abord. Demain, ce sera bien. »

Georges soupira. « Écoutez, les jeunes, là. Nous sommes tous les deux français, pas étrangers. J'ai un certificat témoignant que j'ai été le parrain d'un petit Français, s'ils nous arrêtent, les Boches, que leur faut-il de plus ? On va laisser ma femme préparer les valises et on sera prêts demain. Dites-moi, est-ce qu'on dormira dans des lits ?

– Ça, on ne sait pas, monsieur. Il y en a qui dorment très bien sur de la paille, vous savez.

– Revenez demain, s'il vous plaît, leur dit Georges, main dans la main avec Sipa. Avez-vous prévenu M. Weiss ?

– On le cherche, on ne l'a pas trouvé. Vous lui direz ?

– Évidemment ! Où est le point de rendez-vous ?

– À l'entrée de Pech-Curet, en haut. On vous attend à n'importe quelle heure. Et on vous dit à demain, messieurs-dames. Pas trop de valises, hein ? »

Cabanel alluma les chandelles, histoire de faire quelque chose.

« Allez vite vous préparer, madame Cécile. N'essayez pas de tout emporter, on n'y arriverait pas.

– Vous croyez qu'il faudra aller là-bas à pied ? demanda Sipa avec espoir.

– On vous trouvera bien une charrette, ce n'est pas trop difficile, répondit le propriétaire de l'Hôtel de l'Univers.

– Tu vois, ma chérie, tout s'arrange », dit Georges en serrant fort la petite main de sa Sipa.

Le 30 mars, les deux jeunes maquisards revinrent chercher Georges et Sipa. Les valises n'étaient pas terminées. Le départ fut reporté au lendemain, 31 mars.

Dans la nuit du 30 mars, six miliciens français débarquèrent à l'Hôtel de l'Univers, pistolet au poing, en hurlant on ne sait quoi, avec un chien. Ils avaient bu. Même là, ils continuèrent, attrapant des bouteilles derrière le bar, allez un coup de prune ça fait pas de mal, allez, ho !

Terrifiés, les Cabanel ne purent pas résister. Les aboiements réveillèrent Georges qui prit la main de Sipa tandis que des pas précipités montaient les deux étages de l'hôtel.

« Prends les médicaments, Sipa ! hurla Georges pendant que Sipa, tremblante, entassait chemises et culottes dans les valises.

– Allez, plus vite ! cria un milicien. On sait qui vous êtes, dépêchons, *schnell schnell !*

– Mais où on va ? demanda Georges. Où nous emmenez-vous ? Dites-nous où l'on va !!

– Foutus Juifs, à toujours poser des questions, dit le chef du commando. Nous, on fait ce qu'on nous dit. »

Il les fit descendre dans la salle, Georges cria : « Cabanel, prévenez-les ! », il reçut un coup de poing dans les côtes, Sipa se mit à sangloter.

On les poussa dans le camion, on les prit sans ménagements par-derrière pour les embarquer plus vite et ils restèrent là tout seuls, dans le noir, suffoqués d'angoisse pendant une heure. « Qu'est-ce qu'ils font ? demanda Sipa.

– Ils nous volent nos affaires, pas grave, ce sont des choses », répondit Georges.

Puis le camion démarra pour une destination inconnue. Il était 5 heures du matin. Cabanel engloutit une tartine de lard cru et du café, puis enjamba son vélo pour aller prévenir au petit village de Pech-Curet.

C'est ainsi que commença la disparition de Georges et Sipa Gornick.

Le 2 avril, Raymonde et Yves reçurent une lettre de Tania. Les Gornick avaient été raflés puis emmenés à Cahors. Toutes leurs affaires avaient été confisquées. Bella, la sœur aînée de Sipa, avait eu une syncope à l'annonce de leur arrestation, si forte que dix piqûres avaient été nécessaires pour la ranimer. C'était une lettre affolée mais précise, ajoutant qu'il fallait donner mille francs à la Babouchka, car Tania n'oubliait jamais rien.

Yves reçut de son côté une lettre du propriétaire du Bon Marché, anxieux pour la fragile santé de Georges, demandant ce qu'il pouvait faire pour « ce bon et brave homme », imaginant que, peut-être, une demande de révision de dossier déposée par Georges Gornick à Cahors était la cause de son arrestation et précisant qu'il était prêt à se déplacer, lui.

Yves plia la lettre en quatre et la mit dans sa poche sans la montrer à Raymonde. Il attendit la fin de la journée, il la prit dans ses bras, la serra fort fort fort. « Qu'est-ce qui se passe ? demanda Raymonde. Est-ce que quelqu'un est mort ? Catherine ? Elle va bien ? »

Yves toussota et lui tendit la lettre de Tania.

Raymonde resta longtemps sous le choc, inerte, les yeux fixés dans le vide, jusqu'à ce que son mari la force à boire un peu d'eau.

Yves appela son père, qui avait eu des contacts professionnels avec l'occupant. Louis mit aussitôt en route son réseau d'industriels et les alerta tous avant la fin du jour. Yves descendit prévenir à la pharmacie que Raymonde était souffrante, puis il se demanda comment prévenir le docteur Schütz. Se rendre au Lutetia ? Comment y pénétrer ? Ça ne pouvait pas attendre. Yves ne bougea pas jusqu'à ce que Raymonde se sente mieux et fila en courant au bout de la rue du Cherche-Midi.

Boulevard Raspail. Longer au galop la prison noire, traverser, puis le Lutetia. Il ne parlait pas un mot d'allemand. Il écrivit le nom du médecin-chef et attendit pour qu'on le laisse entrer. Pas possible, hors de question, *nein*. Yves attendit encore en faisant les cent pas et vit apparaître le docteur Schütz en haut des marches. Il descendit, serra le bras d'Yves.

« Il se passe quoi ? demanda l'Allemand.

– Les parents de Raymonde ont été arrêtés, dit Yves. Cette nuit.

– La Gestapo ?

– On ne sait pas…

– Venez, dit le docteur Schütz en pressant le pas. Je veux parler à votre épouse. »

Sans un mot, Raymonde montra la lettre de Tania. Le docteur Schütz hocha la tête et dit à mi-voix que la région de Cahors n'était pas très paisible. Lui qui parlait si précisément avait perdu de sa clarté, des mots allemands glissaient autour de son français, et Raymonde sortit de son abattement en entendant soudain « *Arbeitslager* ».

« Ils seront dans un camp de travail ? cria-t-elle. Un camp de concentration ?

– Je ne disais pas cela, *Frau* Raymonde. Je disais seulement que la SS a réussi à nous mettre, comment dites-vous déjà ? Des bâtons.

– Il se passe quoi dans la région de Cahors ?

– Beaucoup de partisans, répondit l'Allemand. Beaucoup de maquisards. Beaucoup d'attentats contre nous. Voilà pourquoi la Gestapo et votre Milice française font la chasse aux Juifs, chers amis. Je suis si désolé.

– Qu'est-ce qu'il faut faire ? coupa Yves.

– Je vais voir. Je me demande si je ne suis pas sous surveillance, vous savez. Mais je vous promets d'essayer. »

Il ne peut rien. Ils vont mourir. La Chose va s'accomplir, pensa Raymonde. La Chose va s'accomplir. La Chose…

D'un coup, elle sanglota, indifférente aux deux hommes qui tentaient de la réconforter. Elle se mit à crier, à hurler, sans retenue, à gémir, un long gémissement endeuillé dont elle ne connaissait pas la source. Et puis elle s'apaisa. Les sanglots devinrent des hoquets ébranlant l'orbe parfaite de son visage, les hoquets séchèrent en partie les larmes et on n'entendit plus aucun bruit. Comme un nourrisson en nage qui hurle à l'absence de sa mère, Raymonde s'était endormie.

Le 6 avril, à Montauban, arriva la 2e division SS *Das Reich*, décimée par les combats sur le front de l'Est. Deux mille vétérans SS organisèrent l'arrivée de neuf mille très jeunes recrues venues de l'Alsace occupée, qui reconstituèrent l'entièreté de la *Das Reich.*

La vie de Raymonde en jeune femme cessa le jour de l'arrivée de la lettre. D'emblée, la signature de Tania sonnait comme la sirène d'alarme au coin de la rue du Regard, mugissante puis criarde puis hurlant à la mort. Faire quelque chose mais quoi ?

Le faux Samuel finit par lui avouer qu'il n'y pouvait rien. Et le pire à ses yeux, c'était que, depuis six mois, la SS avait enfin réussi à enfoncer les défenses antinazies de l'*Abwehr*. « L'ennemi est dans la place, je suis sous surveillance », il répétait les mots d'un air obtus, c'était à n'y pas croire, la guerre lui arrivait dessus à grande vitesse et il n'était pas prêt.

Yves régla vite les questions financières évoquées dans la lettre de Tania, si peu de chose au regard de l'essentiel. Trois jours plus tard, avec hésitation, Louis, son gentil beau-père, lui demanda si elle voulait rencontrer Pierre Laval, le président du Conseil de Vichy, le traître, le collabo.

Elle, Raymonde la Juive, elle qui devait la vie à un médecin de la Wehrmacht antinazi, rencontrer le plus corrompu, le plus dangereux des antisémites ? « Oublie ça, murmura Louis en lisant le dégoût sur les traits de sa belle-fille. Je m'en charge. »

Il s'en chargea. Et répéta à la jeune femme les propos rassurants de Pierre Laval. « Dites-lui que ses parents vont être envoyés dans un camp de travail en Pologne, qu'ils auront certainement froid et faim, mais ils reviendront, c'est certain, ils reviendront. » Raymonde sourit tristement. Est-ce qu'ils avaient l'âge d'avoir froid, d'avoir faim ? Ainsi donc, ils allaient mourir de pneumonie l'un après l'autre ? Ou alors, d'une crise cardiaque ? C'était cela, la vérité des camps de concentration ?

Georges et Sipa quittèrent la prison de Cahors pour celle de Toulouse et, de là, furent mis dans un train pour le camp de Drancy. Raymonde n'en sut rien, pas plus que son beau-père ou son ami allemand. Les lettres de Salviac s'étaient arrêtées. Les Français secourables qui voulaient protéger les Gornick se heurtèrent à des murs. Là-haut, dans le maquis, les partisans racontaient des abominations qu'il était impossible de croire. Au vingtième siècle, gazer des humains en masse, par milliers ? Et la question restait, langue pendante comme celle d'un chien assoiffé. Non, décidément non.

Le 6 avril, quarante-quatre enfants raflés à Izieu montèrent à Drancy dans le train pour Auschwitz. Le 8, les Alliés prirent la décision de débarquer le 6 juin 1944 sur les côtes françaises de Normandie. L'opération s'appellerait *Overlord* en anglais.

À la fin du mois d'avril, Raymonde prit la voiture et se rendit au Thoureil chercher sa fille sans laquelle elle ne pouvait plus vivre. C'était une enfant sage et bien scolarisée, le jour, elle irait au couvent de la rue de l'Abbé-Grégoire, on lui donnerait des livres, elle apprendrait toute seule puisqu'elle avait appris à lire toute seule à la surprise générale. Personne ne savait comment, mais c'était bien pratique, une petite fille qui lisait tout le temps.

Mais Radio Londres donnait des indications étranges, Raymonde au dernier moment recula, sa fille serait plus en sécurité au Thoureil, elle n'eut pas le cœur de la ramener à Paris.

1er mai 1944, en Pologne occupée.

Au poste de police de Cahors, ils n'avaient pas été séparés. Ni à la prison de Toulouse ni à l'horrible camp de Drancy. Ils avaient passé un jour et une nuit dans le wagon à bestiaux, ils avaient enduré ensemble avec soixante autres Juifs les mauvaises odeurs, sur la rampe du quai d'Auschwitz ils s'étaient présentés ensemble entre deux haies de types en pyjama rayé, et le SS bien mis les avait d'un geste de sa cravache conviés à grimper ensemble dans le camion, pour les douches. Pas de paperasses, pas de numéros dans une liste administrative, ce serait pour plus tard.

C'était bien, le camion, on y respirait l'air frisquet du mois de mai, ils se tenaient la main, le plus dur est passé, après la douche ça ira mieux, se disaient-ils. Et voilà que soudain, à la descente du camion, l'un de ces types en pyjama leur avait indiqué deux files bien distinctes, l'une pour les hommes, l'autre pour les femmes. Sipa se mit à crier et Georges lui répondit en agitant la main : « À tout à l'heure, chérie. À tout à l'heure. »

Ensuite il fallait poser sa valise, se mettre tout nu et bien empiler ses habits pour les retrouver après. Hommes, femmes, dénudés, en lignes, séparés. Les bébés nus dans les bras de leurs mères, hurlant de désespoir comme s'ils avaient compris. Les types en pyjama n'étaient pas très gentils, ils les pressaient d'aller plus vite, ouste, que ça saute, plus vite, allez, allez. À chacun chacune ils tendaient un petit morceau de savon et une serviette, vous vous frotterez bien, mais oui madame vous allez retrouver votre mari vous êtes sûr monsieur Oui ! Puisqu'on vous le dit.

Puis l'immense porte s'ouvrit. Il fallut pas mal de temps pour entasser à l'intérieur les cinq mille Juifs de la seconde fournée du jour, à Birkenau, et dans l'obscurité. Une grosse demi-heure. Les douches allaient s'ouvrir mais dans le noir, on ne distinguait pas les pommeaux. Grincements au plafond, toutes et tous lèvent la tête, et déjà à cet instant précis, ils sont en train de mourir, le gaz les étouffe, ça va s'arrêter ça s'arrête… Quinze minutes plus tard il n'y a plus aucun cri.

Les *Sonderkommandos* attendaient porte ouverte que le gaz s'éloigne, les cadavres sont comme ce matin couverts de merde, va falloir nettoyer au jet avant de regarder l'intérieur de leurs bouches pour enlever les dents en or, écarter les lèvres bleuies comme si c'était facile et se dire que, demain sans doute, ce sera notre tour.

Brûlées ensemble, les cendres de Georges et Sipa se retrouvèrent dans le ciel rougeoyant d'Auschwitz-Birkenau.

Raymonde vivait sans vivre. Travaillait comme une automate, répondant à peine aux consolations de ses amies religieuses, traits figés, sans sourire, larmes aux yeux. Georges et Sipa n'étaient pas morts, ça n'était simplement pas possible.

Pas de nouvelles.

Un matin, arriva une lettre de Salviac. Les dénonciateurs des Gornick n'avaient pas eu le temps d'aller toucher leur prime à Cahors. Le soir même, les maquisards les avaient abattus dans la rue, tous les deux. Les corps étaient restés un bout de temps tels quels, personne à Salviac ne voulait s'occuper d'eux, ils sont crevés, ils l'ont pas volé, disaient les gens et puis quand même, quelqu'un était allé à vélo prévenir le pharmacien de Gourdon, et il avait ramassé les deux traîtres enveloppés dans un drap de lit. Il n'était pas content du tout.

Qu'est-ce que cela me fait ? se demanda Raymonde. Même pas plaisir.

Brusquement, au Thoureil, le 20 mai, en fin de matinée, un bombardier apparut sur la Loire avec un bruit terrible, dispersant une demi-douzaine d'enfants qui jouaient dans le jardin. À travers les hurlements des moteurs et le choc des bombes larguées dans l'eau, la voix d'Yvonne perça péniblement : « Lesenfantslesenfants venez vite ! » Le temps qu'ils se retrouvent sous son grand tablier, l'un d'eux était sorti, une bombe trancha sa jambe, une bombe erratique qui n'alla pas au fleuve mais sur la route où courait le petit.

Le bombardier n'était pas du Reich, mais des Alliés, qui, bombardant les gares, avait détruit celle de Tours. Les forteresses volantes devaient larguer toutes leurs bombes avant de repartir en Angleterre, et le largage sur le fleuve n'était pas dénué de sens, à condition de bien viser. L'enfant fut amputé à hauteur de la cuisse.

Plus question de laisser la fillette en Anjou. Yves entreprit le long chemin de Paris au Thoureil et ramena sa fille rue du Cherche-Midi.

> C'est sombre ici les murs sont noirs quelle est cette ville d'épouvante en pleine guerre je ne veux pas rester. On me dit que les arbres sont en feuilles et que les marronniers auront bientôt des fleurs roses ou blanches, mais je n'en ai pas vu. Je ne suis pas bien ici avec ces vitres couvertes de papier bleu les fenêtres au Thoureil n'étaient pas comme ça et quand on les ouvrait la semaine dernière, on voyait les premiers pétunias dans la cour, non, je n'aime pas je trouve que cela sent la guerre et le froid est-ce que je vais mourir comme la Petite Fille aux allumettes, morte gelée après les avoir toutes craquées ? Pour me coucher, j'ai inventé quelque chose contre les bombes, je m'enroule la tête trois fois dans le drap du dessus et là, je n'ai plus peur. Personne ne me voit plus. Je peux dormir.

Le 24 mai, la sirène retentit à 2 heures du matin. Yves entra dans la chambre de sa fille à grands pas et jura des Bon Dieu en la démaillotant, qu'est-ce qui m'a fichu une enfant qui se transforme en momie, puis, l'ayant dégagée du drap, il lui demanda d'emporter avec elle ce qu'elle aimait le mieux.

> Peur toujours peur quoi encore on va tous crever c'est mon Joseph qui dit ça tout le temps on va crever mais il rit il rit quand même ce que j'aime le mieux c'est La Petite Fille aux allumettes je sais plus où il est papa va me gronder allez je prends ma Blanche-Neige viens petite on va retrouver les sept nains on n'aura pas peur

« Ça y est ? Allez, on descend à la cave », dit Yves, la prenant dans ses bras.

La cave était déjà à moitié pleine, la vieille dame d'à côté, les voisins du dessus, les pas dégringolant les marches l'odeur moite l'attente la sirène agonise et puis elle ressuscite et la voilà qui meurt elle va revenir oui ! Elle revit allez encore une fois.

Vingt minutes d'alerte. La sirène avait fini de mourir. On s'ébrouait en chemise de nuit, on rajustait sa robe de chambre. Celle d'Yves était anglaise, une laine à carreaux vert bouteille bordée par une broderie rouge vif. Celle de Raymonde était grise à fleurs roses, du pilou d'avant-guerre, on n'en trouvait plus des comme ça. Et chacun remonta en aidant sa chacune et Yves, sa fille dans les bras, lui posa un baiser à moustache sur le front.

Les bombes des forteresses volantes américaines explosaient sur tout le sol français. L'une d'elles s'écrasa sur une ville. Ces morts-là, on aurait dit qu'ils ne faisaient pas partie de la guerre.

Le 1er juin, après les quatre coups de percussions de la *Neuvième Symphonie* de Beethoven, Radio Londres diffusa une rafale de messages farfelus à l'intention des réseaux de résistance. Mais à l'écoute de Radio Londres, les Français parlent aux Français, « les dés sont sur la table », « le coq dresse sa crête », « le sapin sera toujours vert » semblaient annoncer un grand bouleversement, même si d'autres messages signifiaient le contraire, comme « les carottes sont cuites », « les sanglots longs des violons de l'automne ».

Le 2 juin 1944 faillit être le Jour J, le fameux débarquement de l'immense flotte rassemblée sur les côtes de France. Mais il fallait la pleine lune pour la navigation et quarante minutes de jour pour que l'aviation bombarde les forces allemandes postées sur les côtes. Le Jour J fut fixé au 5 juin.

L'armée allemande, soigneusement désinformée par les services secrets, attendait la flotte alliée sur les côtes du Pas-de-Calais.

En Angleterre, les conditions météo trop mauvaises retardèrent l'opération *Overlord* au lendemain.

Le 6 juin fut vraiment le Jour J. Cent soixante-seize mille soldats canadiens, américains, britanniques et français débarquèrent en Normandie. Un immense soulagement envahit les Français qui guettaient cette nouvelle sur Radio Londres. Le vers de Verlaine sur les violons de l'automne retrouva son intégrité, « Bercent mon cœur d'une langueur monotone », et trompa les services secrets des armées allemandes qui crurent à une opération de diversion.

L'armada des Alliés mit plusieurs jours à se saisir des côtes de Normandie. Près de cinq mille soldats moururent sur les plages. À Paris, Raymonde reçut la visite du faux Samuel qui traîna jusqu'à demeurer seul avec elle dans la pharmacie. « Le danger grandit, souffla-t-il, le Führer est foutu. Cachez-vous. »

Yves prit la décision d'emmener sa femme chez les Espiau, rue Saint-Placide. Toujours inerte, Raymonde se laissa faire et se lova dans un canapé.

Début juin, en remontant vers le nord de la France, la 2e division SS *Das Reich* massacra, à Maurs, au village des Bessonies, et pendit une centaine d'hommes à Tulle. Le 10 juin, à Oradour-sur-Glane, ils massacrèrent six cent quarante-trois habitants, en fusillant les hommes et en incendiant l'église où se trouvaient les femmes et les enfants.

Le même jour, à Ussel, quarante-sept résistants furent abattus par la garnison allemande sur la place Voltaire.

Le 26 juin, à Alger, le Gouvernement provisoire de la République française rédigea une ordonnance sur l'épuration en France après le départ futur des troupes allemandes, interdisant notamment les exécutions extra-judiciaires.

Le 1er juillet, en Anjou, la si jolie mariée de l'an 1943, enceinte de sept mois, accoucha au Thoureil d'un prématuré minuscule qui ne respirait pas.

Claques sur les fesses, rien. Le bébé devenait bleu. Venu de Gennes, le docteur Lebaron ouvrit les petites lèvres et y glissa de l'eau-de-vie. Le bébé éternua puis se mit à crier. La mortelle angoisse se dissipa et Yvonne se mit à pleurer. La vie revenue, éclatèrent les rires et les sanglots.

« Mettez-moi ce petit lapin bien au chaud dans du coton, dit le docteur. Il s'appelle comment ?

– Jean-Pierre », répondit son père, les larmes aux yeux.

Yvonne posa le nouveau-né dans une boîte à chaussures, emmitouflé dans du coton. Il prit le sein sans difficultés et se fabriqua des cils, des sourcils, des ongles de doigt et de pied. On pouvait donc naître prématuré en pleine guerre mondiale et survivre.

Le 20 juillet, en Prusse-Orientale, le Führer fut la cible d'un attentat dans la Tanière du Loup, son quartier général. Fomenté par un groupe d'aristocrates antinazis sous la direction du colonel comte von Stauffenberg, l'opération Walkyrie échoua. La sacoche qui contenait la bombe tua plusieurs officiers, mais épargna Hitler qui ne fut que blessé.

L'amiral Canaris, destitué de son poste de patron de l'*Abwehr* depuis six mois, reçut un appel téléphonique d'un des conspirateurs croyant que le Führer était mort et fit semblant de ne pas comprendre.

Il fut arrêté le 29 juillet et refusa de se suicider.

Le 1er août commença l'insurrection de Varsovie, conduite par la résistance polonaise contre l'occupant allemand, et défaite quarante-huit heures plus tard.

Le 10 août, à l'annonce de l'avancée des Alliés vers l'est, les cheminots de Paris, encadrés par la Résistance, se mirent en grève. Le 13 août, c'était le tour du métro de Paris et de la gendarmerie.

Le 14 août, Radio Londres diffusa une douzaine de messages annonçant un grand événement militaire. Le premier accroc coûte 200 francs. Nancy a le torticolis. Le chasseur est affamé.

Le 15 août, la police parisienne se mit en grève et, le même jour, commença le débarquement des Alliés en Provence. L'assaut naval eut lieu dans la nuit sur les côtes de Provence entre Toulon et Cannes, avec des commandos français venant de Corse, d'Afrique du Nord, d'Angleterre et des États-Unis d'Amérique. Suivit l'assaut aérien – neuf mille parachutistes anglais et américains –, puis, le 16 août, la 7e armée américaine et la 1re armée française commandée par le général de Lattre de Tassigny. Le même jour à Paris, les postiers se mirent en grève à leur tour.

Le 18 août éclata à Paris la grève générale. Depuis le sous-sol de la place Denfert-Rochereau, le colonel Rol-Tanguy fit afficher sur les murs de la ville des appels à l'insurrection.

Ce soir-là, secouée par un violent désir qui la surprit elle-même, Raymonde décida de courir dans la rue Saint-Placide. Au carrefour de la rue du Cherche-Midi, elle aperçut des tables pieds en l'air, des fenêtres brisées, de gros buffets entassés sur des tas de pavés, et ne comprit pas du tout ce qu'elle voyait. Ça criait, ça chantait, avec des hurlements joyeux, en pleine guerre, avec ses parents déportés en Pologne occupée, ça n'avait pas de sens.

Le cœur battant, elle monta quatre à quatre à l'appartement et se jeta sur sa fille éberluée Maman ? Tu es revenue ? Papa le sait ? Raymonde fit non de la tête et la fillette lui annonça fièrement que Papa était parti se battre dans la rue.

« Je vais le prévenir, dit-elle en ouvrant la porte sur le palier.

– Non ! cria Raymonde. Tu restes avec moi. »

Yves revint vers minuit, les cheveux en désordre. « Tu es là ! », il serra Raymonde à l'étouffer, « Ne sors pas d'ici, on se bat, j'étais rue Saint-Placide à monter la barricade, c'est dangereux ma chérie ne bouge pas... »

Une barricade ? C'était l'amas de meubles juchés sur des tas de pavés ? En plein Paris ?

Le 19 août, une trêve fut conclue entre l'occupant et les chefs de l'insurrection. Dans la Tanière du Loup, le Führer s'irritait de la lenteur de la destruction de Paris, pourtant programmée, les ponts étaient minés, ça aurait dû sauter, *Paris heraus*, gueulait-il et il s'en étouffait.

Dans les différents états-majors des Alliés, après de longues querelles internes, le général Leclerc reçut l'autorisation de faire entrer sa 2e division blindée dans les rues de Paris, alors que le plan prévoyait de contourner la capitale.

L'armée allemande d'occupation parisienne commença à faire ses paquets.

Yves et Raymonde firent l'amour comme on se noie. Dans sa chambre, juste en face dans le couloir, la fillette s'enroula trois fois le drap autour de la tête et en perdit le souffle.

Le 24 août à 21 h 22, le bourdon de Notre-Dame de Paris résonna pour la première fois depuis le début de la guerre. La 2e DB du général Leclerc avançait difficilement dans les grandes avenues, gênée par l'enthousiasme des Parisiennes et l'excitation des Parisiens.

Le 25 août, sur les murs du couvent, une affiche exaltante, sous deux drapeaux français, incita les Parisiens à pavoiser leurs fenêtres. Au bas de l'affiche s'exposaient les Alliés par drapeaux interposés, le Royaume-Uni, les États-Unis d'Amérique et l'URSS.

Yves trouva les drapeaux et en orna les fenêtres qui surplombaient la pharmacie, tout près du carrefour. Raymonde consentit à descendre et reprit timidement son métier, l'angoisse au cœur. Ses pratiques ne l'avaient pas vue depuis son enfermement rue Saint-Placide et lui demandèrent si elle allait mieux, ou si sa santé avait été rétablie, sauf les religieuses du couvent de l'Abbé-Grégoire qui la retrouvèrent avec une joie démonstrative. Toutes s'en furent en murmurant des chuuutt parfaitement audibles et l'une d'elles dit à haute voix : « Ils vous ont ratée, c'est bien, ça ! »

Vers la fin de l'après-midi, quand les jours sont encore longs à mourir, la barricade pétarada. Yves fit fermer la pharmacie par le Préparateur, demanda à sa femme de remonter à l'appartement et de n'en plus bouger.

« Mais toi ? dit Raymonde.

– Je vais sur la barricade. Ne t'inquiète pas, Alys Anthony m'a donné ça. »

Ça, c'était un de ces revolvers qui avaient mis la Gestapo en fuite. Raymonde ne protesta pas. Elle aurait bien voulu revoir la barricade.

Par les fenêtres ouvertes, lui parvenaient des houles de colère et de triomphe mêlés. Un crépitement, le reflet des flammes sur les vitres de l'épicerie, Raymonde n'y tint plus, ferma l'appartement et courut, avec la même furie que la veille, courut de toutes ses jambes retrouver son mari. Les gens jetaient sur le feu des seaux d'eau, d'autres jetaient au feu des portraits de Pétain, il n'y avait pas d'enfants et soudain Raymonde réalisa qu'elle avait laissé sa fille à l'appartement sans la prévenir.

Elle allait rebrousser chemin quand une voix l'appela : « Madam' Raymonde ! » Elle le vit à travers les flammes, habillé avec un pantalon gris et une vareuse, coiffé d'un chapeau mou dissimulant la moitié de son visage, méconnaissable sauf la voix.

Il ôta son chapeau et l'agita en criant : « Au revoir Raymonde ! » Elle répondit en levant une main.

L'autre, posée sur la bouche, étouffait le deuil de ses parents, car à l'instant où disparaissait son bienfaiteur allemand, elle sut qu'ils ne reviendraient pas. Le feu commença à s'éteindre et une épaisse fumée fit disparaître le faux Samuel. D'un seul coup son mari l'entoura de ses bras en lui murmurant à l'oreille que leur ami du Lutetia quittait Paris avec les troupes allemandes.

« Mais tu as laissé Catherine toute seule ? demanda-t-il incrédule.

– Ça fait juste cinq minutes, mentit Raymonde. Je rentre.

– Rentrons, dit Yves en sortant de sa poche un objet enveloppé dans un mouchoir. Regarde ce qu'il m'a donné. Un poignard de SS. »

Et c'était vrai. Un lourd poignard d'acier bruni avec la double foudre des nazis. Quand ils revinrent à l'appartement, leur fille était plongée dans un livre.

Le 26 août, alors que le général de Gaulle descendait triomphalement les Champs-Élysées, Yves trouva qu'il n'était pas prudent de participer au défilé de la victoire. Trop de tireurs embusqués sur les toits et puis avec une enfant de cinq ans, ce n'était pas raisonnable. Il ne s'était pas trompé puisque, pendant que devait commencer un *Te Deum* à Notre-Dame de Paris, une fusillade éclata sur le parvis. Les claquements des coups de feu se mêlèrent au *Magnificat*, chanté à pleins poumons, sans orgues, et plus court que le *Te Deum*.

Sur ordre du général de Gaulle, le cardinal Suhard, archevêque de Paris, fut interdit de cérémonie pour collaboration. Ce fut le début de l'épuration.

Le soir même, on apprenait que le général von Choltitz, commandant la place de Paris, avait signé la capitulation à la gare Montparnasse le 25 août, avec la signature du colonel Henri Tanguy, dit Rol, militant communiste commandant les troupes de la Résistance à Paris.

Le 29 août, des soldats de la Wehrmacht massacrèrent quatre-vingt-cinq habitants de la vallée de la Saulx, dans le département de la Meuse.

Le 18 septembre, Raymonde s'aperçut qu'elle était enceinte. « Ils me donnent cet enfant, pensa-t-elle. Ils reviendront. » Elle se laissa griser par la béatitude de son état et se lova autour de l'enfant qu'elle portait.

Yves ne tenta pas de la réveiller. Il espérait un garçon, il en parlait tout en douceur. La guerre était finie, que pouvait-on espérer de mieux ? Le retour de ses beaux-parents… Non. Yves n'osait pas y penser. Personne n'était encore revenu de là-bas, il fallait du temps pour l'organisation de l'accueil. Le retour de l'essence et celui du charbon ne seraient sans doute pas pour 1944, mais allez savoir avec tout ce qu'apportent les Américains ?

Reviendraient-ils ? Fallait-il croire ces rumeurs de folie affirmant que tous les Juifs de plus de quarante ans arrivant en Pologne occupée étaient exécutés tout de suite ? Allons. On fusillerait des milliers de Juifs par jour ? Qui ferait ça, les soldats ? Mais ils en auraient marre, les soldats boches ! Ils ne le supporteraient pas ! Non. Ils reviendraient abîmés, malades, ils auraient vieilli d'au moins dix ans en quelques mois, mais... Yves sortit la bouteille d'eau-de-vie et se versa un verre. Penser à autre chose. Avoir un fils.

Alys Anthony lui avait proposé d'aller faire un tour à Londres avec elle, pour renforcer le laboratoire en France. Ce serait en décembre, juste avant Noël, de quoi trouver des cadeaux pour les fêtes. En attendant, Yves acheta un piano pour trôner dans le salon.

Raymonde se remit à l'ouvrage à la pharmacie. Il fallut batailler avec elle pour qu'elle cesse de grimper sur les échelles de bois pour dénicher un médicament. Elle eut des fantaisies de chapeaux, de bas de soie, elle qui s'était donné tant de mal, avec sa jeune belle-sœur Huguette, pour se faire tracer au brou de noix des simili-coutures sur l'arrière des mollets. Pas de bas de soie à Paris, non.

Mais à Londres en ruines, Yves trouva des bas de soie. Quand vinrent les fêtes de Noël, Yves posa sur le piano une orange, cadeau pour sa fille, qui n'en avait jamais vu. Elle palpa le grain de la peau, l'écorcha puisqu'on le lui demandait, suça le bout de quartier et s'écria : « C'est acide ! Trop ! » Raymonde lui éplucha le fruit et l'enfant consentit à manger, quartier par quartier, ce fruit qu'on disait délicieux.

Le 6 janvier 1945, la Babouchka s'éteignit dans l'appartement de la rue de Paradis. Elle avait traversé une guerre mondiale sans péril.

Le 20 janvier, en Pologne occupée, les SS firent sauter les chambres à gaz et les fours crématoires II et III du camp d'Auschwitz-Birkenau. Le 27 janvier, ils avaient terminé et, ce jour-là, les Soviétiques, entrant dans l'immense camp d'extermination, libérèrent les cinq mille derniers internés. La vérité apparaissait.

Le 4 février, s'ouvrit sur la mer Noire la conférence de Yalta, réunissant en secret les « Trois Grands », Churchill, Roosevelt et Staline. Esquissées auparavant, des « zones d'influence » furent attribuées aux Soviétiques, notamment en Pologne.

Gravement malade, le président américain voulait sécuriser son grand projet d'Organisation des Nations unies : la répartition des sièges par nation et le système de votation furent en partie décidés ces jours-là. Absente à Yalta, la France fut élevée au rang de quatrième Grand, eut droit à une zone d'occupation en Allemagne et à un siège permanent au Conseil de sécurité des futures Nations unies. La conférence s'acheva le 11 avril 1945.

Mais la guerre était loin d'être terminée.

Du 13 au 15 février, deux jours plus tard, les Alliés bombardèrent la ville de Dresde avec deux mille quatre cent trente et une bombes, notamment incendiaires, à retardement et des bombes classiques. Il y eut trente-cinq mille victimes civiles.

Le 15 mars, enceinte de sept mois, Raymonde se reposait à l'appartement quand la sonnette annonça des visiteurs. En ouvrant la porte, elle aperçut un couple aux traits tirés qui se présenta très vite. Trop vite, songea Raymonde.

Ils affirmaient avoir partagé avec Georges et Sipa Gornick le train du voyage Drancy-Auschwitz. Affolée, Raymonde appela Yves et ils attendirent, mains entrelacées, ce qu'allaient révéler M. et Mme Rubin, rescapés par miracle d'Auschwitz-Birkenau.

« Je voudrais noter par écrit votre témoignage, dit Yves. Y voyez-vous un inconvénient ?

– Aucun, dit M. Rubin. Nous connaissions bien votre beau-père… »

Raymonde se leva d'un bond :

« Connaissions ? Alors ils sont… morts ? Pour de vrai ?

– Je ne voulais pas… Pardon, ça m'a échappé… Je suis désolé. »

Raymonde se rassit, reprit la main d'Yves et tenta d'écouter le récit des Rubin. Le séjour à Drancy, le petit mot écrit sur du papier toilette que Georges Gornick avait lancé pendant un arrêt dans une gare française, l'air respirable, les odeurs insupportables, la gentillesse de ceux du wagon. Quand les Rubin en arrivèrent à la rampe de la gare d'Auschwitz, Raymonde éclata en sanglots et partit dans la chambre conjugale.

Puisqu'ils étaient morts, elle accoucherait chez elle, là, dans cette chambre où l'enfant s'était fait, cette chambre avec vue sur un mur, seule avec Pascale, la sage-femme. Pas de visites, pas de fleurs, pas de famille et la fillette envoyée chez ses grands-parents. Ne pas la faire souffrir avec les cris « Poussezpoussez ! », disparaître face au mur et mourir au monde.

De sa petite écriture fine, Yves nota la présence du SS bien mis, la cravache qu'il pointa pour expédier Georges et Sipa dans le camion, la sale tronche des pyjamas rayés, et comment ils avaient appris, le soir même, où se dirigeait le camion. Leurs camarades de bloc leur avaient montré les fumées rouges s'échappant haut dans le ciel au-dessus du camp.

Raymonde refusa de lire le témoignage des Rubin, signé et daté du 15 mars 1945 à Paris.

Le 12 avril, le président américain mourut d'une hémorragie cérébrale.

Le 19 avril 1945, le général de Gaulle décida de réquisitionner l'hôtel Lutetia pour accueillir les déportés de retour au pays. Il avait été prévu un accueil plutôt noble pour les déportés politiques, chefs de Résistance et partisans, mais l'arrivée de premiers autobus venus de la gare d'Orsay brisa en mille morceaux l'organisation, largement improvisée, pour accueillir plus d'un million de personnes, prisonniers de guerre (un million), déportés politiques, détachés du STO (six cent mille), et les Juifs d'Europe.

Raymonde reprit espoir. Le Lutetia était si près de la pharmacie… Elle marcherait jusque-là pour se dégourdir les jambes et NON elle n'attendrait pas sérieusement Georges et Sipa. Soyons raisonnable. À sept mois de grossesse, un fil d'espérance ne nuirait à personne si elle n'en parlait pas.

Les autobus arrivaient jour et nuit, parfois plusieurs en même temps, avec des cargaisons d'humains fantomatiques incapables de marcher sans aide. On fit appel à des volontaires qui, dans une cohue effrayante, guidaient chacun à l'intérieur tant bien que mal. Immédiatement, les cuisiniers du Lutetia se mirent en devoir de nourrir les plus amaigris, mais on sut assez vite qu'en absorbant sur le champ des aliments trop riches, les corps entièrement dénutris mouraient d'avoir trop mangé.

De toute façon, aucune femme enceinte n'aurait pu pénétrer à l'intérieur de l'hôtel Lutetia. Le typhus rôdait dans les vêtements des déportés, deux membres du personnel de l'hôtel en étaient morts, les poux avaient pris possession des lieux, la contagion était encore possible donc NON Raymonde n'entrerait pas, voilà. Elle attendrait derrière les barrières avec les autres femmes prégnantes et les enfants au-dessus de cinq ans. En février 1944, la fille d'Yves et Raymonde avait franchi cette barre. Bonne pour le service armé.

Oui. Elle emmènerait sa fille avec elle devant le Lutetia. Lui tenir la main serait son viatique, elle aurait charge d'âme, elle serait lestée.

Je ne sais plus quel jour ma mère décida de m'emmener avec elle pour cette drôle de promenade. Un jeudi certainement, jour où je n'avais pas classe. Je me souviens qu'il faisait frisquet, mais en ce temps bizarre, les débuts de printemps étaient toujours glacés. Je portais un manteau rouge à col de velours qui me plaisait beaucoup.

Le centre d'accueil des déportés avait été organisé par une dame, nommée « dame d'Izieu », qu'il fallait absolument rencontrer pour avoir des nouvelles de mes grands-parents Gornick.

Une dame. Devant le Lutetia, la petite foule du malheur frémissait d'angoisse chaque fois qu'engloutis par la famille, des déportés descendaient les marches sous l'énorme verrière chic. Maman n'était pas seule à ne pas pouvoir entrer. Des mères avec des petits dans les bras, des vieilles personnes trop fragiles pour résister à la contamination, d'autres femmes enceintes, toutes celles-là, appuyées sur les barrières métalliques.

À la fin du mois d'avril, Maman n'eut plus le courage de retourner attendre ses parents boulevard Raspail, au Lutetia. Il faisait beau, pourtant, et les platanes sortaient leurs premières feuilles. Je passais mes jeudis à lire.

Quand arriva le neuvième mois, Papa m'expliqua que j'étais contagieuse et que je menaçais la vie de l'enfant à naître. Contagieuse de quoi encore ? Le typhus ? Non, la roséole. Ça ne souffrait pas la discussion. Un joli mensonge bien ficelé. On m'expédia chez Louis et Yvonne. Ils habitaient une villa à Meudon avec un petit jardin, et ils avaient un chat.

Mon frère Jérôme naquit le 18 mai 1945. Il était l'enfant du printemps.

Postface

Le 9 avril 1945, l'amiral Canaris, patron du Dr Schütz, fut exécuté à Flossenbürg.

Conformément aux ordres du Führer, il fut pendu nu, deux fois, avec deux cordes de piano. Une grosse pour lui donner « le goût de la mort », et une très fine qui mit fin à sa vie. Ensuite on l'accrocha à un croc de boucher. Le camp de Flossenbürg fut libéré dix jours plus tard.

En 1996, l'amiral Canaris fut officiellement réhabilité et sa condamnation fut annulée. Il ne serait plus coupable de haute trahison.

En 2009, l'AFP rapporta que le rabbin Lipshitz, fondateur d'une communauté de Loubavitch dans le petit village de Kfar Habad, non loin de Jérusalem, avait fait une demande auprès des institutions de Yad Vashem pour que l'amiral Canaris, le maître espion du Führer, soit proclamé « Juste entre les Nations ».

En 1939, il avait en effet sauvé cinq cents Juifs à Varsovie en les faisant passer pour des agents secrets, mais surtout, dans le groupe des faux agents secrets, se trouvait le rabbin Yossef Yitzchok Schneersohn, sixième

Rebbe (chef spirituel) de la dynastie hassidique, et qui implanta le hassidisme à New York.

La demande n'a pas encore reçu satisfaction.

Dans les années 1950, le faux Samuel vint s'installer en Provence et tenta d'appeler Raymonde. Elle ne lui répondit pas. Et elle nous fit savoir que plus jamais elle ne parlerait allemand, qu'elle n'irait jamais plus en Allemagne et qu'on lui fiche la paix avec le docteur Schütz.

Aux Rosiers-sur-Loire, l'école primaire publique porte le nom d'Anja Schaul, ancienne élève déportée le 10 février 1944 et assassinée à Auschwitz.

Quinze familles du département de Maine-et-Loire furent reconnues Justes parmi les Nations par le mémorial de Yad Vashem, en Israël.

Remerciements

Avant toute chose, je remercie Franck Marché pour ses recherches sur les arrestations des Juifs dans le Saumurois (site Juifs_Saumurois – Franck Marché). Et mon vieux camarade Éric Auzoux qui me l'a fait connaître.

Comme d'habitude depuis près de trente ans, merci à mon directeur littéraire préféré, Jean-Christophe Brochier.

Merci à mon cousin Jean-Pierre Clément, le prématuré de 1944, pour m'avoir transmis de précieux documents.

Merci à mes premiers lecteurs, Jérôme Bonnafont, Jérôme Clément, Julien Clément, Jacqueline Laporte, Jean-Claude Milner.

Et comme toujours, A. L.

DU MÊME AUTEUR

ROMANS

Bildoungue ou la Vie de Freud
Christian Bourgois, 1978

La Sultane
Grasset, 1981

Le Maure de Venise
Grasset, 1983

Bleu Panique
Grasset, 1986

Adrienne Lecouvreur ou le Cœur transporté
Robert Laffont, 1991
et « J'ai Lu », n° 3957, 1997

La Senora
Calmann-Lévy, 1992
et « Le Livre de poche », n° 9717, 1993

Pour l'amour de l'Inde
Flammarion, 1993
et « J'ai Lu », n° 3896, 1998

La Valse inachevée
Calmann-Lévy, 1994
et « Le Livre de poche », n° 13942, 1996

La Putain du diable
Flammarion, 1996
et « J'ai Lu », n° 4839, 1998

Le Roman du Taj Mahal
Noésis, 1997

Le Voyage de Théo
Seuil, 1997
et « Points », n° P680, 1999

Les Dames de l'Agave
Flammarion, 1998

Martin et Hannah
Calmann-Lévy, 1999
et « Le Livre de poche », n° 14798, 2000

Afrique esclave
(photographies de Vincent Thibert)
Noésis, 1999

Jésus au bûcher
Seuil, 2000

Les Mille Romans de Bénarès
Noésis, 2000

Le Sang du monde
Seuil, 2004
et « Points », n° P1403, 2005

Les Derniers Jours de la déesse
Stock, 2006
et « Le Livre de poche », n° 30879, 2007

La Princesse mendiante
Panama, 2007

Dix Mille Guitares
Seuil, 2011
et « Points Grands Romans », n° P2569, 2011

La Reine des Cipayes
Seuil, 2012
et « Points Grands Romans », n° P3016, 2013

Aimons-nous les uns les autres
Seuil, 2014
et « Points Grands Romans », n° P4204, 2015

Les Ravissements du Grand Moghol
Seuil, 2016
et « Points Grands Romans », n° P4556, 2017

Indu Boy
Seuil, 2018
et « Points Grands Romans », n° 5002, 2019

Autoportrait de Calcutta
Seuil, 2021

ESSAIS

Lévi-Strauss ou la Structure et le Malheur
Seghers, 1re édition, 1970
2e édition, 1974
dernière édition entièrement remaniée
« Le Livre de poche », « Biblio essais », 1985

Le Pouvoir des mots
Mame, « Repères sciences humaines », 1974

Miroirs du sujet
10/18, « Esthétiques », 1975

Les fils de Freud sont fatigués
Grasset, « Figures », 1978

L'Opéra ou la Défaite des femmes
Grasset, « Figures », 1979

Vies et légendes de Jacques Lacan
Grasset, « Figures », 1981
et « Le Livre de poche », « Biblio essais », 1983

Rêver chacun pour l'autre
Essai sur la politique culturelle
Fayard, 1982

Le Goût du miel
Grasset, « Figures », 1987

Gandhi
L'athlète de la liberté
Gallimard, « Découvertes », 1989
nouvelle édition, 2008

La Syncope, philosophie du ravissement
Grasset, « Figures », 1990

La Pègre, la Peste et les Dieux
Chroniques du Festival d'Avignon
Éditions théâtrales, 1991

Sissi
L'impératrice anarchiste
Gallimard, « Découvertes », 1992

Sollers, la fronde
Julliard, 1995

Les Révolutions de l'inconscient
Histoire et géographie des maladies de l'âme
La Martinière, 2001

La Nuit et l'Été
Rapport sur la culture à la télévision
Le Seuil/La Documentation française, 2003

Claude Lévi-Strauss
PUF, « Que sais-je ? », 2003
nouvelle édition, 2010

Pour Sigmund Freud
Mengès, 2005

Promenade avec les dieux de l'Inde
Panama, 2005
et « Points Sagesses », n° 221, 2007

Qu'est-ce qu'un peuple premier ?
Panama, « Cyclo », 2006
Hermann, 2011

Éloge de la nuit
Albin Michel, 2009

L'Appel de la transe
Stock, 2011

Dictionnaire amoureux des dieux et des déesses
Plon, 2014

Faire l'amour avec Dieu
Albin Michel, 2017
et « Points Sagesse », n° P320, 2018

Jacques Chirac
Une passion française
Tohu-Bohu éditions, 2018

Mémoires du dieu Phallus
Tohu-Bohu éditions, 2019

Le Musée des sorcières
Albin Michel, 2020

Récits

Cherche-midi
Stock, 2000
et « Le Livre de poche », n° 30048, 2004

Maison mère
NIL, 2006

Mémoire
Stock, 2009

Beaux livres

Jacques Chirac
Vie publique, archives privées
Hugo Image, 2015

Un long regard sur l'Inde
Les Impressions nouvelles, 2016

Poésie

Growing an Indian Star
(poèmes en anglais)
Delhi, Vikas, 1991

En collaboration

L'Anthropologie
Science des sociétés primitives ?
(avec J. Copans, S. Tornay, M. Godelier)
Denoël, « Le Point de la question », 1971

Pour une critique marxiste de la théorie psychanalytique
(avec Pierre Bruno et Lucien Sève)
Éditions sociales, 1973
2e édition, 1977

La Jeune Née
(avec Hélène Cixous)
« 10/18 », 1975

La Psychanalyse
(avec François Gantheret et Bernard Mérigot)
Larousse, « Encyclopoche », 1976

Torero d'or
(avec François Coupry)
Hachette, 1981
nouvelle édition entièrement remaniée
Robert Laffont, 1992

La Folle et le Saint
(avec Sudhir Kahar)
Seuil, 1993

Le Féminin et le Sacré
(avec Julia Kristeva)
Stock, 1998
et « Espaces libres », n° 254, 2015

Éprouver mais n'en rien savoir
(entretiens avec Edmond Blattchen)
Alice, 2000

La Mère des masques
Un Dogon raconte
(de Sékou Ogobara Dolo,
propos recueillis par Catherine Clément
et Dominique-Antoine Grisoni,
aquarelles de Catherine Clément)
Seuil, 2002

Le Divan et le Grigri
(avec Tobie Nathan)
Odile Jacob, 2002
et « Poches Odile Jacob », 2005

L'Inde des Indiens
(avec André Lewin)
Liana Levi, « L'Autre Guide », 2006

RÉALISATION : NORD COMPO À VILLENEUVE-D'ASCQ
ACHEVÉ D'IMPRIMER SUR ROTO-PAGE
PAR L'IMPRIMERIE FLOCH À MAYENNE
DÉPÔT LÉGAL : FÉVRIER 2023 — N° 149651 (101807)
Imprimé en France